時晴時陰

晴れたり曇ったり

川上弘美

劉子倩 譯

目次

身邊常有書相伴 2

時晴時陰

氣味的記憶

咚咚燒——睦月（一月）

高中時，曾經反覆閱讀井上靖的小說《雪蟲》。與曾祖父的小妾阿縫婆住在倉庫的主角洪作那種死心眼，和作爲故事背景的天城山麓嚴峻的地理環境相互烘托，讀來非常新鮮痛快。因爲那時的我只知懵懂度日。

在那本《雪蟲》中我看不懂的，是「咚咚燒」[1]一幕。似乎是大規模的篝火。似乎會焚燒廢紙。似乎將裝飾品也丟入火中。總之好像燒了很多東西。

住在新興住宅區的我，從未親眼見過所謂的「咚咚燒」。有生以來第一次看到眞正的咚咚燒，是在我長住神奈川縣，年近四十之後。

一月的黃昏。向晚空氣中隱約飄來燒火的氣味。我被吸引著走去，只見向來杳無人跡的原野上，正燃起烈焰沖天的大火。圍繞篝火的人群鴉雀無聲。他們凝視火光，聽著劈哩啪啦的聲音，各有所思地站著。

雖是初次目睹，卻恍若多年前便熟知的情景令人油然生起懷舊之情。雖然我一如高中時懵懂，但冬日篝火的氣息滲入心扉。原來這就是咚咚燒啊。我暗想，久久凝視夜色中色彩漸濃的火焰。

1 亦稱歲德燒，據說是祭祀歲德神（TONDO），也有一說是取自青竹燃燒時爆裂的咚咚聲。一月十五日小正月當天，家家戶戶會將新年裝飾的門松、注連繩，以及新年試筆之作等紙張集中到一處焚燒，祈求該年無病無災，是傳統的新年焚火活動。

春雪——如月（二月）

我聞得出雪的味道喔。

友人如是說。

再過一小時左右就要下雪了。她這麼預言後，果真過了一小時便開始零星飄落細小的白絮。

她並非雪鄉長大的人。從小到大一直待在山梨縣，直到高中畢業上大學時才來到東京。

不可思議的是，她必須在二月過後才能預感到即將下雪。

她說若是聖誕節或新年的雪就不太有感覺。唯獨春雪的氣味，可以明確感知。

春雪到底是甚麼味道？聽我這麼問，她微微歪頭思忖，一邊回答：味道很淡，很冷。都市的春雪氣味，與冬雪的氣味不同喔。虛無縹緲，有點彆扭，而且，還有點厭倦的感覺喔。她如此補充。

厭倦的味道？眞奇怪。我倆都笑了，就此遺忘多年，如今想想，她形容得眞是太貼切了，佩服。

今年（二〇〇五年），月曆上的春天將在二月四日來臨。

艾草——彌生（三月）

以前住的地方，屋後是田地。除了零星矗立著栽培薔薇的溫室之外，只見整片稻田。

我總是去那裡摘艾草。從蔓生田埂泥土中的艾草挑選顏色特別濃綠的，摘下來放進自備的袋子。有時在同一時期也會長出筆頭菜，因此筆頭菜也會另外裝一袋。回到家就動手做艾草麻糬。汆燙，泡水漂洗，擠乾搗成泥。然而我平時不吃蛋糕或豆沙點心這類甜食，也不善製作，而且是標準的酒徒，故手藝拙劣。做好的艾草麻糬呈淡綠色，甜度也完全不夠，成了四不像。

但我還是年年去摘艾草。因爲綠意令人喜悅。整個冬天，身心都在不知不覺中緊縮時，只要來到籠罩清淺春光尙處於乾涸狀態的田裡，就有柔嫩萌芽的艾草新綠。

結果在我居住該地期間始終沒做出像樣的艾草麻糬。倒是下酒用的炒筆頭菜微苦的滋味，打從一開始就莫名成功。

結核疫苗——卯月（四月）

第一學期開始。這是光輝的季節。有健康檢查、體能測驗等等特殊活動，但其中尤其留下甘美回憶的，是中學一年級春天接受預防結核病的疫苗注射。

打針本身並不算痛，首先這點很好。然後，還有消毒用的酒精棉獨特的氣味。彷彿身體倏然緊縮，卻又帶點惆悵的味道。

疫苗接種的翌日。出現陽性反應的人，會捲起制服袖子將紅腫的地方到處展示。好厲害！腫得像牛奶瓶蓋一樣大耶！大家紛紛如此驚呼。

判定的日子到了。前一個班級的學生，吊人胃口地來通知下一個班級。於是全班暫停上課，沿著走廊絡繹前往保健室。校醫會用伸縮自如的測量器測量紅腫的長與寬。有種冰涼的、不可思議的觸感。

被判定爲陰性的學生，數日後會注射卡介苗。本來這次注射才是主角，結果卻好像變成附帶贈品，想想也很有趣。

卡介苗也打完後，學校終於正式上課。原本新鮮的校舍也已看慣。入學典禮時盛開的櫻花，不知幾時已被滿樹新綠取代。

更衣換季——皐月（五月）

我一直以爲那種方形透明紙內各裝兩顆的白色扁平圓球是樟腦丸。那是小時候的事。直到較大之後才知道，那其實不是樟腦丸，應該叫做奈丸，而且那種獨特的氣味，和樟腦的芬芳香氣完全不同。

樟腦，在祖母的衣櫃裡。祖母總在五月的最後一天替衣服換季。把冬裝換成夏裝。許多紙包被打開，和服腰帶及各式各樣的腰繩，像變魔術一樣從衣櫃深處繽紛出現。向來昏暗無聲的儲藏室，突然熱鬧起來。

我沒和祖母同住，所以換季的記憶很模糊。只記得遠觀過一兩次，即便如此，仍有強烈印象，肯定是因爲那不是替換普通洋服，而是傳統的和服。

然而這段帶有奈丸而非樟腦氣味的初夏服裝記憶，也已成遙遠往事。現代的防蟲劑無臭無味，而奈丸那種有點窮酸的感覺，如今格外令人懷念。

雨鞋——水無月（六月）

穿著不是用漢字「長靴」、而是用假名寫的「ながぐつ」走在雨中，感覺格外泥濘[1]。平整的灰色柏油路面被雨淋溼後變得堅硬烏黑，相較之下，晴天時塵埃飛舞滿地碎石的泥土路，這時會積水變成白濁的茶色，明知不可能，卻覺那很像某種美味可口的飲料，就好像是幼年那泥濘柔軟的道路。

下雨天有股濃烈的草腥味與土腥味。不過那只有在剛下雨的時候，漸漸的，就只剩下水的氣味了。

雨鞋裡面不時會滲入雨水。偶爾也會積水發出潑刺水聲。匆匆返家後，在玄關口倒扣雨鞋把水倒出，塞滿揉成團的舊報紙。鑽進廚房一看，母親正在洗米。看了一會，覺得無聊，於是伸指在霧濛濛的玻璃窗上寫「笨蛋」，然後就挨罵了。

1 因が和ぐ這兩個假名都帶有濁音符號，想像起來格外汙濁，故有此說。

蚊香——文月（七月）

那叫做蚊香豬嗎？我是說，那種用來放蚊香的陶器，以前我收集過。外型像小豬的，我有三隻。兩隻背部上了綠色釉彩，還有一隻全身都是深褐色。都是廉價的規格化產品，但是並排放在一起時，大小稍有不同，表情也都不一樣，很有意思。

除了小豬以外也有其他形狀。比目魚。青蛙。河豚。牛。章魚（這個在設計上好像就有點牽強了）。

全部都用過之後，發現還是傳統的小豬形狀最好用。比目魚雖然也不錯，但是必須蓋上蓋子，結果每次開關蓋子時，蓋子內側附著的黑色膠油都會弄髒手指。

從小豬嘴巴冉冉升起的輕煙，在夏日開始散發初夏的氣味，過了立秋後，不知怎地就變成夏日將逝的氣味。小豬本身，倒是不分夏初夏末始終不變，依然默默噴出青煙。

搬進公寓後，已經很久沒用過小豬了。改天再找出來用用吧。點燃除蟲菊的渦形蚊香，讓那兀然張大的嘴巴重新升起淡淡青煙。

扇子——葉月（八月）

提到扇子的氣味，一般人大概會想到白檀，或者各種香木，但我記憶中的扇子，不是那其中任何一種味道。

是美勞教室的氣味。

基本上扇子這種東西，我一直以爲是年紀大的人才用的東西。附近的小學生沒有哪一個有扇子。不料某日，我得到了扇子。是一位叔叔給的。雖然喊對方「叔叔」，其實並無血緣關係。他每年會飄然出現一次，是個有點投機氣質的人。

那把扇子，是叔叔自己做的。上面有我看不太懂的圖畫與文字。貼的扇面紙張也有點歪，而且有股漿糊味。叔叔對我爸媽表示「要做新買賣」。難不成是要賣這種扇子？幼小的心靈，只覺得非常古怪。

那把每次一揮動就飄來漿糊味帶有美勞教室氣息的扇子，我還是規規矩矩地一直鄭重收藏。直到高中時才知，上面寫的是李白的漢詩。同樣也是在多年之後才知道，扇子不是要賣的，叔叔當時成爲小貿易公司的正式職員，之後也沒有再做過投機買賣，過著安定人生。

新蕎麥——長月（九月）

小時候，我討厭吃蕎麥麵時沾醬汁。醬汁那種高湯的味道，好像會把蕎麥本來的味道變得混濁。

小孩的舌頭很妙。有時非常遲鈍，有時非常敏感，兩者交錯出現。在頑固認定「蕎麥本來」味道的同時，卻又喜歡買一袋五圓、味道刺激的廉價零食吃，所以簡直莫名其妙。

雖然討厭，但是吃麵條不沾醬汁會被視為怪胎，因此我每次還是會用蕎麥醬汁。能夠光明正大不沾醬汁的，只有新蕎麥。有時祖母會帶我去上野池之端的蕎麥麵店，碰上新蕎麥上市的季節，夾起麵條不須經過醬汁杯子，直接送進口中。大人笑話我小小年紀吃東西倒是挺老道，但我說「因為味道很香」，就被原諒了。

現在的我，已經很少再考慮甚麼蕎麥本來的味道。管他是新蕎麥還是啥，一律毫不客氣浸泡醬汁，順便倒進大把蔥花。我已經變遲鈍了。不過，我認為那並不可悲。小孩子的潔癖，其實有點可怕。不純粹又遲鈍的大人。我還滿喜歡的。

蟋蟀——神無月（十月）

被母親責罵時，我總是跑去院子。

挨罵的時間，多半是傍晚。在外面踢罐子，不知不覺玩到太晚。明明叫我幫忙準備晚餐，我卻只顧著折新的摺紙，對母親說的話充耳不聞。或者，趁著白天，一個人偷偷吃光甜美的桃子，結果東窗事發。

挨罵了，就跑去院子蹲著。暮色遲遲的院子，與白天的院子截然不同。青草的氣味特別濃烈。門旁的喜馬拉雅雪松隨風沙沙搖動。雖是小院子，卻感覺比平時更深邃，很可怕。

正蹲著，忽然聽見蟋蟀叫聲。是右邊，我猜想，於是保持蹲姿像鴨子似的往右挪動，結果蟋蟀不叫了。過了一會，又從左邊傳來叫聲。但等我挪動到那邊，聲音再次戛然而止。

在漸濃的夜色中靜默不動，突然四面八方一齊響起蟋蟀叫聲。我嚇了一跳，縮成一團。草腥味又變濃烈了。天上，金星正在閃爍。

我喊著媽媽，慌忙跑回屋內。關上玄關門後，蟋蟀的叫聲頓時遠去。青草氣味也消失了。電燈的光線，異樣刺眼。

毛衣 ——霜月（十一月）

我每每在想，毛衣散發的氣味，更甚於直接透過肌膚。我是說，如果要感受心上人身體氣味的話。

不是外出穿的毛衣，是平常在家穿的那種鬆垮垮的毛衣。弄得不好，可能整個冬天一直不離身，不過，不過，不會像夏天那樣滿身臭汗，所以沒有潮溼沉重的氣味。

這種毛衣的味道，是一段日子之前的體味。不是今天的，是前天，或者一週之前，那個人身上的味道。

可以接觸到在家穿的毛衣，也就表示，關係已經親密到會去男人的住處。我喜歡的男孩子身上那件鬆垮垮的毛衣，總是起了許多毛球。下襬也有點脫線。男孩隨手脫下的毛衣，被我輕輕搭在裸肩上，可愛地嚷著「刺刺的」——記憶中也曾有過那樣的時光。

嗯——那究竟是幾百年前的事了啊。純粹只是感到懷念，眞的。

白蘿蔔——師走（十二月）

我從小就熱愛年菜。燉蔬菜。涼拌牛蒡。紅白魚板。醋漬章魚。醃鯡魚子。小小年紀，口味就這麼老成啊。雖然得到上了年紀的親戚如此讚嘆，但如今回想起來其實很簡單，那些全都是美味的下酒菜。

婚前還住在家裡時，我負責涼拌紅白蘿蔔絲。先把白蘿蔔和紅蘿蔔削皮，再切成細絲。白蘿蔔冷冰冰，凍得指尖僵硬，但我頑固地聲稱用蔬菜刨絲器是邪門歪道，非要拿菜刀切。在安靜的地方切菜，心情會漸漸沉靜，我總是一邊聽山下達郎的歌一邊做事。

終於全部切完，灑點鹽巴靜置後，立刻有水分滲出。用力擠乾後，加上切碎的柿乾與柚子皮用甜醋拌勻放上一天，就是美味的涼拌蘿蔔絲了。

至今，喝酒喝到最後，大口吃蘿蔔絲仍是我的最愛。不過，蘿蔔絲不知爲何，味道很重。年底的冰箱，總是瀰漫白蘿蔔那種臭臭的味道。雖然有點受不了，但是爲了美食，只好忍耐再忍耐。

順帶一提，如今我常用蔬菜刨絲器。用菜刀削皮的技術眞的變得很差勁。

米糠醬的心情

嘿嘿。

有時會陷入低潮。

不是工作方面或人際關係這種特定的低潮，是生存本身的低潮。就算對誰喊救命，也不會有人拔刀相助。況且如果眞有人來解救，也會很困擾。所以，像這種時候，只能像積水的瓶底躺臥的小石頭，一個人默默不動。

默默不動時必然會想起的，有幾件事。比方說附近麵包店賣的橘子三明治（兩片吐司之間夾上滋味清淡的奶油霜和罐頭橘子）的味道。比方說從小學五年級直到高一那年都沒治好的手肘內側癢癢的疤痕（就像醜陋變形的美國地圖）。比方說家中露天簷廊底下抓到閻魔蟋蟀時的觸感（在包覆的雙掌中悄悄蹦跳）。

在瓶底沉澱一陣子後，會逐漸恢復浮力重新浮上水面。平均大約要花上兩天半的時間才會重新浮起。不過，其間也不可能老是一個人窩在房間不動，所以還是會抽空炒個青椒去浴室放個洗澡水或是去一下郵局。匆忙做完這些事情後，再回頭重新慎重擺出低潮的姿勢。有時甚至會忘記自己正處於低潮。之後半夜才突然想起低潮這回事，於是倏然縮成一團。

最近一次低潮就在前天。非常近。起初我還不知道自己陷入低潮，很困擾。左動右扭怎麼都不對勁，一會又試著泡澡泡很久，或者不停喝茶，可是完全無效。過了一陣子後內心漸感不舒服，這才知道是低潮期到了。

我拿不定主意該沉默不動還是假裝不知道，蒙頭大睡。窗外忽然傳來秋蟲低吟。我這才想起，前一天剛聽朋友提及青松蟲的故事。據說，最近在東京常聽到的秋蟲鳴叫，其實是外國傳入的一種「青松蟲（亦稱梨片蟋）」。這種昆蟲棲息在行道樹上。聲音極響亮。之所以棲息在行道樹上，據說是因為在來種的日本蟋蟀等本土昆蟲不肯讓出地面的地盤，這種蟲子只好在行道樹上勉強苟延殘喘，沒想到過了幾年完全適應了本地生態，如今以響亮的嗓音席捲東京街頭云云。從青松蟲聯想到閻魔蟋蟀。就這樣又進入每次低潮期的安靜地帶。

今早低潮期終於結束了。就像感冒。時間到了自然會好。但也不能因此掉以輕心。感冒可是百病之源。我騎上腳踏車去附近超市。低潮期間不想購物。因爲不僅無法欣賞各種商品的色澤，而且一直悶著不動會變胖所以裙子變得很緊。因此，低潮期過後我立刻出門採購。胡蘿蔔白蘿蔔沙丁魚起司蝦米還有葡萄汁。連不需要的東西都大手筆買下。順道去百貨公司，直接拎著白蘿蔔袋子鑽進試衣間試穿裙子。順便也去了咖啡店，把白蘿蔔的袋子和新裙子的紙包往旁一放，喝起咖啡。

我一路狂飆腳踏車（狀態好時我會騎腳踏車飆車。有時緊貼著慢吞吞行駛的腳踏車耀武揚威地超車揚長而去。相對的，低潮時也會被各種腳踏車耀武揚威地超車）回家，動手做橘子三明治。家裡沒有奶油霜就用鮮奶油代替，打開三年前買的橘子罐頭，夾進吐司。雖然不太好吃，但我討厭剩下食物，於是連吐司邊都吃個精光。蟲子從大白天就在叫。爲何會陷入低潮呢？我摩娑著飽脹的肚子，開始思忖。自我意識過剩。身體不適。失敗。猶豫。點點點。我試著回想低潮時的事情。明明就是昨天的事，卻已無法順利想起。橘子三明治的味道也是，才剛吃過已不復記憶。雖然聽得見嘶鳴不已的青松蟲叫聲，卻聽不見閻魔蟋蟀的聲音。低潮的時候，明明蟋蟀聲歷歷浮現腦海彷彿就在身邊。

寫了一點稿子後，再次出門，去逗貓。是向來待在巷口的貓。剛覺得秋天來臨，馬上已入冬了。我思索今年不知還會有幾次低潮期，一邊定定傾聽青松蟲的鳴聲。蟲鳴聽久了就會再也聽不見。充斥耳朵後，就等同沒有。貓咪喵了一聲，這時青松蟲的聲音也回來了。嘿嘿，我得意地想，站起來扭動腰部。天空異常高遠，一切都帶著秋意。嘿嘿，嘿嘿，我一邊這麼念叨，獨自在巷子裡走來走去。

儼然

正月新年出門。

我平時懶得出門，而且生來就是事情如果不按既定順序進行，便會坐立不安的個性，因此很少出門，就算出門也只走固定的路線去固定的場所。

然而，新年稍微不同。

我會去平時不去的神社（我只有在新年期間才會成爲神道教信徒）。趁機走走平日不走的路線。打開平時很少看的電視看馬拉松接力賽（我是箱根馬拉松接力賽的忠實觀衆。第一時間看實況轉播，之後還要錄下來重看）。趁機去平時不會去的超商買體育報紙。看平日不看的《室町幕府的由來》這種書（因爲是新年，心情煥然一新）。結果看到書裡很多內容都一頭霧水，只好特地大老遠出門去可能有開的圖書館，結果果然過年休館大失所望，但我很倔強所以等到開館日那天又再次前往。

因此，新年假期總讓我萌生平日沒有的感慨。雖然都是雞毛蒜皮的小事，但就是很感慨。以下試寫出今年（二〇〇六年）感想。

騎車去圖書館。之前休館時，家家戶戶門前都打掃得很乾淨，路上一塵不染。但開館日是今年第一天收垃圾的日子，景象幡然改變。堆積無數垃圾袋。散落四處的紙屑。也有被烏鴉啄得撒落一地的垃圾袋。

從我家到遠處的圖書館之間，這麼大片面積的土地上，所有垃圾加起來的數量令騎車的我都切實感到沉重。垃圾這種東西，原來眞的會製造很多啊。太驚人了。很驚人，很可怕。我感到恐懼。

說來理所當然，但這麼理所當然的事，我居然直到此刻才切實感受到，這令我更加驚恐。

我在垃圾最多的地點停車凝視，結果附近的大叔大嬸冷然打量我。被人冷然打量，感覺很不舒服。但我半途才醒悟，在附近的大叔大嬸看來，一個陌生女人盯著垃圾看，肯定更讓人不舒服吧。

於是，我試著開口：「好多垃圾啊。」自己也覺得講這種話很無聊。這句無聊的感想，令大叔大嬸潰堤似的打開話匣子。關於垃圾分類的困難。關於垃圾清潔隊隊員的辛勞。關於丟垃圾的禮儀規矩。關於烏鴉。關於正月的天氣。甚至是關於新任首相人選的預測。

只要丟出一句無聊的話，他們便對我滔滔不絕。我很高興，但這個例子也令我深感這年頭出來混絕對不能心存敷衍，於是復感可悲，心情頗爲玄妙。

神社裡，有鳥居，有社殿，有功德箱上面喀拉喀拉響的鈴鐺，然後，除此之外只剩單調的冷清空間。雖是這幾年每年都來的神社，但我從未發現居然是如此空無一物的空間。

甚麼都沒有，感覺特別舒服。一想到這裡，腦海頓時浮現小時候常去的堆滿各色物品的神社，雖然當時鄙夷地認爲是「好惡俗的神社」，但現在想想其實也很喜歡那個惡俗神社。

不能把眼前的事物看得太美好就扭曲記憶中那些事物的價値，但也不能忘記去懷疑那些記憶中的事物或許實際上並不美好。諸如此類，我獨自嘀嘀咕咕這種自己也不確定究竟有無意義的類似格言（當作格言未免太冗長）的句子。

超商內，肉包子散發熱騰騰的水蒸氣。

這一瞬，在東京，在無數超商，有無數的肉包子，正散發無數的水蒸氣。這麼一想，身體最深處彷彿朝著比那最深處更深更晦暗的場所靜靜沉落。

可怕。大家爲幸福而求取的籤詩，很可怕。但我想幸福。也希望大家都幸福。所以更加無來由地純粹只感到可怕。

我買了肉包子（刻意買的）和三份體育報。付錢時，恐懼稍微消退了。那種消退，又讓人感到非常淺薄。

隨著年事漸增，我發現自己的想法與我自身，其實都很無聊（這不是謙虛，是儼然的事實）。即便如此，因確有所感，所以還是試寫一二。

不知諸位在這個正月新年有何感想？

那個

過了橋拐彎走一段路後，「那個」便會出現。

「那個」，是驅趕野貓的寶特瓶。標籤已被撕下，裝滿清水，是兩公升裝的寶特瓶。黃楊樹籬的周遭只見「那個」林立。兩瓶之間的距離約有三十公分。保持相等的間距，宛如精巧布置的路障，「那個」總是密密麻麻聳立該處。

放置「那個」的房子位於邊角。樹籬部分約等於長方形的兩邊。寬的那邊約有五公尺，長的那邊約八公尺吧。算起來等於總共放了四十只以上的寶特瓶。很壯觀。

寶特瓶的形狀有兩種。一種是有稜角的，一種近似圓柱形。角形與圓柱形在寬的那邊交互放置，但是長的這邊沒走幾步路就再也看不見圓柱形，變成全是角形。

「那個」就在我去年開始經過的路旁。剛開始經過時，「那個」光潔閃亮。裝滿清水，在日光下煥發威嚇的光芒。即便不是貓，即便是人，看了恐怕也會嚇得倒退三步。但是隨著季節更迭到了夏秋時分，「那個」漸漸黯淡。蒙上了塵埃。下雨令塵埃凝結。或許是被路過的某位愛貓人士拿走，等距間隔中有兩瓶不見了。即便沒有消失，等距間隔也出現微妙的移動。到了冬天，所有的「那個」都已完全混入風景中。雖然龐大的數量依舊造成詭異的印象，但他們變得灰頭土臉，不再散發彷彿會朝這邊凶狠撲來的攻擊性氛圍。

我一直很好奇「那個」究竟是甚麼人的傑作。籬笆內那棟灰泥外牆的平房悄然無聲。四扇遮雨板中，有兩扇打開但另外兩扇一直關著。院子種了八角金盤和柿子樹還有杜鵑。草皮不多。雜草也稀稀落落。日落前所有的遮雨板都會嚴密關閉。至今我從未撞見屋主開關遮雨板的時候。也從未見過有人從門口進出。

大年初二，經過放置「那個」的地方，我大吃一驚。「那個」不見了。全部。消失得乾乾淨淨。

起先我還沒察覺。只覺得有點怪怪的。但到底是哪裡怪，我說不上來。走過之後過了一會，我才恍然大悟是「那個」消失了。

翌日我再次經過。「那個」並未復活。上午開始飄的雪，淺淺堆積在黃楊細碎的葉片上。拿傘尖一戳，整棵黃楊樹微微搖晃，細碎葉片上的積雪，也隨之簌簌抖落。

去年走過的地方今年也繼續走吧。我唐突萌生這種根本不必特地下決心的念頭。站在黃楊樹籬前，我如是想。明明已經許久未在一年伊始思考過新的一年有何期望了。因爲「那個」的消失，令我感到少了「那個」的黃楊樹籬之家異常冷清，遂如此決心。

過了新年頭三天，正月氣氛也幾乎消失的新的一週，「那個」赫然再次出現。「怎麼可能？」的感想，和「果然如此！」的感想交互出現，看著那嶄新的，比之前更加閃耀威嚇光芒的新「那個」，我失笑。樹籬和房子看來依舊冷清。由於「那個」煥然一新，反而更顯寂寥。「那個」的間隔距離，比起之前縮短了。「那個」的數量也因此增加了三成。我嘲笑猶自與去年一樣發出悠哉感言的自己。貓咪和人都得開始上工了！我笑著，一一撫摸「那個」。新增三成、數量閃閃發亮的「那個」，被我一個不漏地，全部摸了一遍。

Weekly日誌

九月二十四日（三）

出席《朝日新聞》書評委員會。與會者互相感嘆天氣寒冷。年輕時很瞧不起這種寒暄冷暖的行為，但隨著年事漸增，我漸漸喜歡與人寒暄冷暖。可以的話甚至很想說「上午有低氣壓接近，天氣會逐漸轉壞，吹東北東風，下午的降雨機率有百分之七十」。不過，那樣恐怕會被當成怪胎，所以我忍住了。

九月二十五日（四）

短篇的交稿日期逼近。小說整體的交稿日期還在幾天之後，但今天中午之前必須先把題目告訴責編。想了半天，我決定題目就選「大犬」。不是「大狗」是「大犬」，我在電話中語帶自豪地告訴責編。兩者有何差異？

題目決定了，於是徹底安心，結果一個字也沒寫。

九月二十七日（六）

念國中的次子，學校開運動會。他叫我不用去沒關係。眞是的。我可是運動會發燒友。之前也曾在旅途中巧遇某小學舉辦運動會，於是我悠悠晃晃走進校園，自行在家長席坐下，觀看了兩小時左右。

偷偷去看好了，別讓兒子發現。這樣簡直像史黛拉・達拉斯。史黛拉・達拉斯這號人物，現在的小孩肯定不知道吧。那是昔日少女小說中，盲目溺愛小孩、有點傻呼呼的母親名字。當母親的人，或多或少都有點像史黛拉・達拉斯吧。

九月二十八日（日）

終日書寫短篇。上午一邊思考午餐要吃甚麼，一邊寫稿。吃過午餐後，又繼續思考晚餐吃甚麼，一邊寫稿。吃完晚餐後，再也沒有可以當成心靈依靠的「下一餐吃甚麼」。翌日的三餐還太遙遠。誰快來救救我！我吶喊，然而誰也救不了我。

九月三十日（二）

去長子的高中參與家長會（ＰＴＡ）工作。回程，被人盯著打量。原來我這麼有名嗎？內心頗爲緊張。回到家一看鏡子，眞相不值一提，我的胸口還掛著巨大的「ＰＴＡ」名牌。

十月二日（四）

父親腦梗塞。早上忽感心頭騷動不安，打電話回娘家，才知父親就在前一刻猝然昏倒。「我剛剛叫了救護車。」聽著母親徬徨無助的聲音，我感到時間彷彿被無限延長。在這種緊要時刻必然會出現與當下狀態相反的，不可思議的飄忽心情。

趕去父親被送往的醫院，在急診室的候診室等待。過了一會，載運父親的救護車上的人過來說：「我把東西忘在府上了。」於是我們一起坐上救護車，回我娘家拿東西。回程在車上，我悠哉打聽東京救護車的總數及出任務特別頻繁的日子是星期幾等等。自己現在這種悠哉，是過度緊張不安之下的反作用，還是徹底少根筋，連自己都搞不清楚。

十月三日（五）

一場訪談。結束後，寫了一點點《本》（HON）雜誌即將刊登的連作極短篇小說。父親病倒，似乎果然令我心情極度不安。稿子的內容變得格外健全正當。我每次只要心神不寧就會相反地變得特別有健全的判斷力。喝醉了則會變得特別勤快。

下午去醫院。

十月五日（日）

寫完極短篇，著手校閱十一月底預定出版的書稿。是個桃花運極度旺盛的男人的故事。桃花男或許其實很不幸呢，我一邊這麼想一邊重讀。

下午去醫院。

十月七日（二）

極短篇的排版樣稿出來了，進行作者校正。

說到排版樣稿（gera），之前在岩波書店出版散文集時，我問那位責編小姐「gera這個名詞，原本是甚麼意思？」她立刻替我查詢。原來在活字印刷的時代，據說把排好的鉛字放入製版的那種木框，就叫做「gyare」，後來發音輾轉演變成了「gera」。不知是開玩笑還是說眞的，總之這個字眼帶有捉摸不透的味道。附帶一提，「排版樣稿」的意思，就是把原稿的文章排成鉛字樣版。

十月九日（四）

去醫院。今天父親病倒滿一週。託大家的福已漸漸康復。感恩。

大兒子傍晚才姍姍歸來。之前聽說是去「遠足」，因此我以為會去登山或河邊戲水，沒想到是去橫濱，在中華街吃拉麵，據說還登上了橫濱海洋塔。現代的高中生眞不得了啊。有種莫名其妙的感嘆。

十月十日（五）

寫完報紙書評。報紙上的書評專欄對字數要求很嚴格。這下子剛剛好，應該一行都不必增減！我自信滿滿地交了稿，沒想到對方居然回覆「多了一行」，我大受打擊。雖然純粹只是自己算錯字數，卻瞬間感到顏面全失。那是發現自己氣量狹小的瞬間。

十月十二日（日）

把昨晚剩下的蘑菇飯捏成飯糰，和兩個小孩一起去植物公園。說是小孩，其實都已長大了，所以感覺上，就是三個無所事事的大人茫然若失。不過在戶外吃的便當特別美味。

之後去父親住的醫院。

十月十四日（二）

本想寫雜誌用的短篇，但短篇整體的「氛圍」拿不定主意。寫小說時，內容與故事架構保持曖昧沒關係，唯獨「氛圍」如果沒有明確定案就動不了筆。比方說到底是要「無從判斷究竟該笑還是該哭才好的微妙氛圍」，或是「朝路旁的空罐子踢了一腳卻沒踢中，有點尷尬沒著落的氛圍」，還是「忍不住想原諒全世界所有一切的快樂氛圍」。左思右想，乾脆躺下。就這麼無所事事地躺了一個小時，結果還是沒決定「氛圍」。

十月十五日（三）

短篇的氛圍終於確定。「好喜歡好喜歡幾乎愛到發狂」。光在腦中想時還不怎麼覺得，可是這樣實際寫成文字後，哎呀，會害羞呢。

十月十六日（四）

寫完短篇。聽說鄰區有家不可思議的麵包店，便趁著去醫院順路一探究竟。那是位於地下一樓的麵包店。沿著寬敞樓梯緩緩拾級而下走進店內，不知打哪兒冒出穿戴白色圍裙與帽子的可愛女孩，悄然站到身旁。不用自己拿托盤裝麵包，女孩會把客人指定的麵包放在托盤上。店內是冰冷的機械感設計。架子與收銀臺之類的設備，一律以銀色（不鏽鋼？）和透明（玻璃）構成。這、這是みらい都市（未來都市）啊——漢字與假名交錯的字眼在腦海浮現又消失。回家一吃，麵包極美味。

十月十七日（五）

寫完一篇散文。

下午去醫院。

十月二十一日（二）

本週是較長的短篇小說截稿週，因此本週的前半段多多少少有點齋戒沐浴潔淨身心的氣氛。不過，實際上做不到齋戒沐浴。屋內亂七八糟，壓根談不上甚麼潔淨。我下定決心，開始收拾。這不知是暌違幾個月的決心了。說到這裡，照理說應該已有多次「較長的短篇小說」面臨截稿日逼近，爲何當時沒有這樣下定決心？不由陷入沉思。就這麼沉思半晌，霍然回神才發現又過了幾小時。唉。

十月二十三日（四）

至今沒有下定決心收拾的理由，終於搞懂了。是因爲尚未亂到忍無可忍的地步。可是現在，家裡終於亂到最高點，所以才被迫痛下決心。哼哼（得意的哼哼？）。

既然搞清楚理由了，趕緊動手收拾。

十月二十四日（五）

埋頭收拾。我這人一旦開始，就會全心投入。去附近的百圓商店購買各式收納用具。終日忙於整理。

十月二十五日（六）

一不留神已到週末。短篇小說的稿子怎麼辦？大吃一驚，拚命趕稿。但心神不由自主飄到收拾房間那邊去了。寫了幾張稿紙就喊暫停，「讓腦子休息」。當然那段期間，要趕緊用來收拾房間。

十月二十七日（一）

驀然回神，居然寫完了較長的短篇和較短的短篇各一則。眞是奇蹟。謝天謝地。我嘀咕著，把稿子傳眞給責編。雖然身心俱疲彷彿已被掏空，卻又忍不住開始思考要怎麼收拾房間。這種個性，沒救了嗎？

猝不及防

騎腳踏車去買東西，去的時候空氣溫暖似溫柔輕撫身體，到了回程，卻突然吹起觸感冰冷刺骨的寒風。這是個春日傍晚。

我在小小的十字路口停車。綠燈正好變成黃燈，如果用力踩踏板加速前進倒也不至於來不及過馬路，但總覺得好像被風挽留，遂放慢腳步。

後方似乎有人來勢洶洶。依那種動靜判斷，八成是腳踏車。不可能是走路或跑步的人。抬頭一看，對方已不在後方，霎時衝到我身邊了。

是騎著越野車的青年。燈號霎時之間轉爲紅燈。青年在那瞬間，確實狠狠地啐了一下。雖然他沒出聲，也未形之於動作，但我就是知道。可以深深感到。

之所以能夠深深感到，是因爲彼此距離太近了。通常腳踏車會互相巧妙閃避，不至於靠得太近。然而，當時我們靠得極近。是青年緊急煞車才會變成這樣。距離很近。肩膀與手肘幾乎互相觸及。那是只有可以毫不猶豫手牽手的關係才會有的親密距離。

距離近，感情自然也細膩地如實傳達。無法及時衝過馬路。煩死了。都是這傢伙擋路。眞倒楣。——青年的身體，朝我散發這樣的念頭。不是在內心深處，是從身體表面，宛如火花四射般散發。

那種火花雖令人吃驚，但在吃驚中，並不只有恐懼。也帶有些許愉快。

想必是因爲青年並非眞心生氣。只是身體表面反射性地劈哩啪啦冒火花罷了。而且就是因爲他只顧著那個，對於令他憤然啐舌的我這個元凶，才會不知不覺靠得太近。

這是猝不及防吧，我想。這是一種身體貼近到本不該有的近距離的，猝不及防。是在恐懼中突然混雜愉快的，猝不及防。

雖然感覺不甚舒服，但我想，所謂猝不及防，大概就是這麼回事。突然不知從哪兒冒出，帶來一秒鐘前壓根沒想過的種種變化。

這是久違的，猝不及防。

燈號轉為綠燈後，青年大幅擺動膝蓋，眨眼已絕塵而去。猝不及防，我嘀咕著，也用力踩踏板。從狹小的步道騎上水道邊的寬敞車道，清風徐來。而梅花，已將凋謝。

離車站最近的那棵枝條婆娑的櫻花是染井吉野櫻，這邊河堤上的櫻花雖然形成整排的行道樹，種類卻參差不一，完全沒有開花。

本來打算確認一下哪一棵最先開花，不知不覺花卻已經開了。年年都在想，啊，看漏了。不過，那樣不算是猝不及防。純粹只是不注意。純粹只是看漏了。

眞的已有很久很久沒遇過猝不及防的情況。我又想起來了，上次遇到猝不及防的情形，對方還是個小娃娃。當時我在市場看蔬菜，忽然被人從後面一把抱住。

大概是認錯媽媽了吧，我低頭看小孩。但小孩完全沒有「認錯人了」的驚訝。

他張開小手心，給我看綠色的東西。是秋葵。小孩讓我握住已經變得黏糊糊的秋葵。好像是爲了把撿到的秋葵給我，才會抱住我。

確認秋葵已牢牢在我手裡後，小孩就轉身跑了。究竟是開心？有點討厭？覺得可笑？一時之間我無法確定，那是最近一次的猝不及防，距今已將近一年了。同樣在春天盛開、更加爛漫的染井吉野櫻早已凋零，而水道旁最晚開的濃色八重櫻，彷彿兀然亮起的孤燈猶自綻放。

厄運，會來。好運，也會來。那些似乎都在猝不及防之間來臨，但每次，總有小小預感。類似這樣的徵兆，仔細尋找的話，其實就藏在日常生活中。

眞正的猝不及防，多半是微不足道的小事，但被那猝不及防激發的感情，帶有意想不到的奇妙色彩。雖然想著絕不能忘記這種奇妙的心情，卻還是立刻忘記。毫無益處，反之亦無害處，彷彿窺探萬花筒中的一瞬，那就是猝不及防。

已不在，卻還在

上次，我看到曾經喜歡的人。

不是「遇到」，是「看到」。因爲只是遠遠望著對方。

我們搭乘同一班電車。我感到，就在隔壁那節車廂，有某人在。照理說應該都是陌生人，卻有我認識的某人在。察覺這點時，那種心頭一緊的感覺，在我上車的瞬間出現。

我悄悄扭頭窺視。濃眉。明明面無表情，看起來卻總像帶著一絲笑意的臉孔。修長的手腳。挺得筆直的背部，可是肩膀好像有點向前彎。

沒錯，許久未見，卻很想見，雖如此想但苦無機會，現在終於見到了！這麼想的瞬間，卻想起那個人分明早已過世。

現在再看一次，雖是濃眉卻不像那人一樣眉尾下垂，肩膀也更寬，五官也大不相同，更何況年齡就不對，如果對方還活著應該早已年過五十，可是此刻那人才三十出頭，和我昔日常常見到對方那時正好是相同的歲數。

認錯人了。

這麼一想，彷彿錯失甚麼重要的東西，有種很想憤懣啐一聲的懊惱倏然湧現。某人的過世，令人懊惱。與其說悲傷，與其說寂寞，懊惱這個字眼更切合心情。有種忽忽欲狂之感。

每年，我會按照通訊錄寫賀年卡。這本通訊錄已用了二十幾年。是從國外買回來的，因此不是依照日文五十音的順序，而是以A、B、C……的順序排列。有時搬家，有時認識新朋友，所以A啦K啦還有M、N、S這些日本姓名常見的拼音頁已經寫滿了。還剩下大片空白的B、J、P與X，就拿來填寫別頁寫不下的人名地址。

A這一頁，寫了二十人。其中三人已入鬼籍。K這一頁有六人。S四人。這個死亡人數，就我的年齡而言算多還是少，我不知道。不過，每年到了年底諸事匆忙的時期，我總會再次想起那些人已不在人世。

想起的，是與那些人講過的話。以及那些人在場的情景。比方說，早晨錯身而過時，說早安的方式。那一瞬間掀起的強風令身旁樹木搖晃的情景。那人聲稱討厭附近中國餐館的定食附贈的榨菜，把榨菜堆到我的飯碗上時，含笑說著「不好意思喔」的說話方式。那間餐館的店員身上的圍裙顏色——黃綠相間的條紋異樣俗豔，卻很搭調。那人不得不責罵出錯的我時，彷彿要表露內心其實壓根不想責罵任何人的念頭，微微顫抖的指尖。和那人在雨天一起搭公車時，摩肩接踵的人潮散發的潮濕溫熱氣息。

對於偶爾才見一面的人，比較可以心平氣和地回想。至於曾經頻繁見面，抱有強烈情感的對象，至今每每想起仍有明顯的懊惱不甘。雖然我盡量讓自己不去想起——因為想起的不是那人在世的情景，總是那人已不在人世的事實——但如果看到姓名，看到以前的住址，回憶便會源源不絕浮現。

即便還在世，如果不見面，也等同不在。同樣的，即使已不在世，只要想起，也等於見面。所以，看著通訊錄想起那些人時，他們每一個，都等於還在那裡。他們是已不在，卻還在的人。

上文提到的「曾經喜歡的人」，是女人。說到喜歡，諸位或許會以爲是戀愛，但並不是。那遠比戀愛更單純，因此清澈無瑕，所以或許比起回想曾經愛過的男人，感覺會更懊惱。好想再見一面。和那個人。至今仍深深感到。

喜歡的東西

（1）紙邊

有種說法叫做嘴癢，而我看書時，會手癢。明明只要安分地兩手捧著書就好，我偏要用左手按住翻開的那一頁，右手手指老是去彈紙的邊緣。把紙迅速滑過大拇指指腹至剪短的指甲之間，不斷發出喀、喀、喀的聲音。

在安靜的地方看書時，旁邊如果有人，會吵到別人。但這樣做很爽快，所以老是戒不掉。彈久了，逐漸心醉神迷，甚至有點靈魂出竅之感。

附帶一提，到目前爲止，紙邊彈起來最爽快的書，是《日本的髮型》（光村推古書院出版）。這是一本刊載了古代的角髮髮型，以及「樹下美人圖」那種髮型該如何梳理云云的奇妙書籍。

（2）風衣

高三時曾和同學製作「幻燈片版《伊豆的舞孃》」，其中扮演男主角一高學生的女孩（我念的是女校，因此所有的角色都由女孩扮演）穿的那件長版風衣，據說是她爺爺的，帥氣得不得了。後來我也從舊貨店弄到一件，不過這玩意可真不是普通笨重。以前的人難道都是大力士嗎？

順帶一提，我在「《伊豆的舞孃》」中飾演的角色，是「四十歲的女人」。很想「呿！」一聲對吧？

（3）別人家的院子

我沒有自己的房子，所以喜歡盯著別人家的院子打量。院子這種東西，非常多樣化。有超級陰暗的院子，也有小不拉嘰的院子，還有充滿強迫感的院子。比起給人感覺明亮堂皇的院子，我更喜歡彆扭的院子。以前，曾在田園調布郊外見過整個院子放滿大大小小的生鏽鍋子（那些鍋子不時有貓咪鑽進鑽出）、野草叢生的奇妙院子，不知如今安在否？

巴西的南瓜

好久沒去喝酒了，結果店裡提供的水非常好喝。好甜的水啊。我這麼一感嘆，店主告訴我，那是摩周湖的水。

摩周湖。這可眞是遠道而來。冰塊也是用摩周湖的水製成的嗎？我追問。不，冰塊是武藏野的冰店產品。店主笑著回答。近在眼前的杯子中，混合了摩周湖與武藏野一帶具有土地特色的水。混合的水，隨即會流遍我的體內。落入食道與胃腸，最後被大腸吸收。被吸收的水分有的分解有的保存不動，經過種種作用，逐漸混入細胞之類的地方。雖有立刻排出的水，但也有一直停留在我體內的水。

摩周湖與武藏野一帶的水，不知不覺進入我的體內，成了塑造我身體的一部分。

眞不可思議，我如是想。雖非極端奇怪的事，還是有點無法釋然。不過，也包含了些許類似喜悅的情緒。

話說，這眞是玄妙的心情。

說到這裡——我忽然心頭一動，返家後立刻檢查了一下當天在超市買的蔬菜與肉類。青江菜，產自茨城縣。豆芽菜，是千葉縣。小松菜來自三鷹市。一袋百圓的特價毛豆，來自臺灣。南瓜，來自巴西。大蒜是青森縣的。而豬肉，是埼玉縣。

不久前看雜誌，有篇文章報導一對夫妻宣稱「我們決定只用住處半徑二十公里以內生產的食材」，可我別說是半徑二十公里了，明天肯定還會吃掉來自地球相反那一頭的國家生產的南瓜。

想到這點的瞬間，比起之前得知混合了摩周湖與武藏野的水那一刻，負擔更大的「玄妙感」降臨。

我的身體微量混合了三鷹與青森與臺灣與巴西的成分？

感覺好像非常沒有節操。而且，昨天吃的澳洲（牛肉）與福岡（明太子）與愛媛（橘子）與北海道（馬鈴薯）的成分，八成也還停留在體內。上週的西班牙（火腿）與美國（扁豆）與富山（麵線）的成分，雖然只有一點點，肯定也還殘留體內。

如果用那種類似以色彩表示體溫分布狀態的熱感應器，以色彩來表現體內元素從哪兒來，現在我的身體想必亂七八糟散布各種顏色，變得五彩繽紛吧。右腹是代表非洲元素的綠色，腳尖是代表南半球大西洋的黃色，從腳尖稍微往上的地方是西日本的紅色，在那紅色之中還混雜了或白或藍或黑或紫……。

我的身體五顏六色，東一塊青西一塊紫。我驚嘆，然後，頹然無語。

遠方的人利用遠方土地的大自然生產的東西，被身在此地的我食用。換言之，如果講得更直白，等於造成了大自然的浪費。打從我出生，就一直在這樣破壞大自然。

我很想屈膝跪地，向某人伏身道歉。

但我到了明天還是會蒸熟巴西的南瓜。然後，還會把青森的大蒜和群馬的洋蔥切碎翻炒後加入埼玉的豬肉，和義大利的水煮罐頭番茄一起燉煮吧。即使炒菜用的不是尚未開封的長野縣沙拉油，而是上次炒美國豬肉時把平底鍋剩下的油渣倒入空罐儲存的油。

我跪地道歉，反躬自省，深深自我厭惡，針對所謂的原罪深刻思考，卻還是無法明確掌握意義，爲此再次自我厭惡，因自己這種好像把反省當遊戲似的傲慢感到再次頹然無語，但我肯定還是會天天過著安樂太平的生活。

世界太大，我只覺不知所措。至少，這樣不知所措的惶惑時刻，我希望自己銘記不忘。我在跪地道歉的同時如是想。然而我毫無把握。

摩周湖的水眞的甘甜好喝。從那種甘甜，居然會演變出如此苦澀，是我作夢也沒想到的。

米糠醬的心情

我喜歡吃鹹的。尤其嗜食醬菜。這個季節的話，是米糠醬菜。離開娘家時分來的米糠醬，大約有五年時間一直毫不厭倦天天翻攪，冬天就覆蓋鹽巴讓它冬眠。因此米糠醬一直很健康。

但之後就不行了。我厭倦了。本來就是三分鐘熱度的性子。心已經離開米糠醬，投入其他醬菜的懷抱。

放著不管，米糠醬自然會壞掉。表面浮現白色顆粒。氣味也變了。最後表面覆滿超級恐怖的青黑物質，乳酸菌徹底死絕，宛如靜謐深夜中的泥沼。

當我把那沉甸甸米糠醬遺骸裝滿整個垃圾袋丟掉時，不知有多心痛。深感自我厭惡。我就這樣毀滅米糠醬又重新開始養米糠醬，一再反覆，這三十年來單就記憶所及，起碼便有五次。

如今的米糠醬已平安維持了三年。春秋兩季一天一次，夏天的話早晚都得用手各攪拌一次。如果出水了就補充新的米糠與黃豆。偶爾也會放點辣椒與海帶。很久很久以前，我從娘家學來的就是這樣的原則。

按照原則長年攪拌久了，我漸漸發現米糠醬也有心情。總共有四種心情。第一種是會笑的米糠醬。第二種是相敬如冰的米糠醬。第三種是憤怒的米糠醬。第四種是寂寞的米糠醬。

會笑的米糠醬有點危險。小黃瓜與茄子會在極短的時間內釀成老醬菜。因爲它太活潑了。如果把手臂伸進整甕米糠醬，會發現米糠醬的中心也是溫熱的。就像在笑個不停的某人肚子中，米糠醬興奮得渾身發抖。

相敬如冰的米糠醬，即便是醃漬谷中生薑或紅蘿蔔甚麼的，也不肯給個好臉色。總是冷若冰霜。早上醃漬晚上取出，照理說蔬菜應該已經變軟，可它偏偏還硬撐著筆直筆直的看起來格外疏離。

至於憤怒的米糠醬，反正很恐怖就對了。氣味尖銳。一打開蓋子，頓時撲面襲來危險空氣。醃漬的秋葵和蕪菁也變得味道刺鼻。老子差不多要升天囉。把老子冷落到這種地步的妳這個飼主，未免也太無情了吧。咻——（牙籤飛出去的聲音）。彷彿可以聽見米糠醬如此抱怨，那是已有點生病的米糠醬。

米糠醬的心情，大致取決於氣溫與攪拌方式。容易變得特別愛笑的，是盛夏。等到天氣漸涼後，它會變得相敬如冰。如果偷懶沒有好好攪拌，它就會生氣。一旦沒有時時留心照顧，這玩意鐵定完蛋。不過過於頻繁翻攪也不行。話說回來，只要不忘照顧它，它就會保持好心情，這麼說來，遠比人類更容易搞定吧？

再來，還有第四種心情，怕寂寞的米糠醬。

總而言之就是特別怕寂寞。首先臉色會變差。本為深蜂蜜色的米糠醬逐漸轉為沉鬱的棕色。攪動時的感覺也不同。特別凝重。醃漬的情況也怪怪的。基本上，好歹還是米糠醬的味道。沒有太大的不滿。但就是有哪裡不一樣。好像心不在焉地敷衍了事。好像只是馬馬虎虎混過去並未使盡全力。

米糠醬爲何會寂寞，我一直不懂。我並沒有偷懶不去攪拌。也已盡量注意溫度。也嘗試過各種攪拌方式。爲了多陪陪它，早晚都會碰觸。甚至想過吊吊它的胃口，於是乾脆有兩天時間都不去管它。此外也曾丟進啤酒酵母。嘗試過放辣椒。

但就是不行。一旦開始寂寞，米糠醬就很難恢復笑容。始終不肯打起精神喊聲「好！來醃漬吧！」好好工作。

這樣過了二十幾年。最近，我終於明白它寂寞的原因了。有一天我靈機一動，把高麗菜心扔進寂寞的米糠醬。咦？顏色是不是有點恢復了？第二天再扔高麗菜外面的葉子。哎呀呀，連氣味都變好了。既然如此，試著醃漬小黃瓜吧！轉眼之間，米糠醬的色澤變得明亮，散發芬芳，味道變得親密。

說穿了很簡單。只要放蔬菜進去就行了。之前爲了保護變得寂寞的米糠醬，我刻意不放蔬菜。原來我錯了。讓米糠醬打起精神的，不是米糠或鹽巴、空氣這些夥伴。不能來自米糠界，唯有屬於其他世界的小黃瓜茄子白蘿蔔胡蘿蔔牛蒡山藥乃至其他異質性的蔬菜混入，米糠醬才能夠脫離滿心寂寞心有千千結的處境。這才終於破顏一笑。

異質的東西嗎？

對著米糠醬，我試著發話。

如果沒有外界的東西加入，你就這麼寂寞嗎？

是的。我們並不排斥異質的東西。有了異質的東西加入才能夠恢復健康，而且會讓這些異質的蔬菜變得比原本更好吃喔。

好大的口氣。好啦好啦我知道了，今晚就請你努力醃漬出顏色漂亮的茄子吧，米糠醬君。

彷彿對我莞爾一笑，色澤明亮的米糠醬散發香氣。今晚，就決定來一杯透心涼的冰啤酒吧。

竹筴魚的全貌

「雖然上面寫著說是：案件的全貌，」友人在電話彼端說，「結果完全不是全貌。」她繼續說道。她是在談論週刊雜誌的報導。

「因爲犯案動機、犯案過程、受害者的受害程度，全都寫得非常曖昧不清。」她相當憤怒。沒辦法，又不可能像寫本格派推理小說那樣，況且還涉及當事人的隱私權問題，能夠使用的版面也不多。我這麼一說，友人怒吼：「那就不要寫甚麼『全貌』！」這個話題就此結束。

掛斷電話後，我回想友人的憤慨還是覺得很好笑，但是一邊回想，也有點難以釋懷。

「全貌？」我咕噥。「說到這裡，『事物的全貌』這種東西，到目前爲止我可曾見過一次？」

全貌。事物全體的模樣。全觀。例如，如果有人說，請說出「從今天起床後到此刻爲止的自己」的全貌、全觀，我眞的說得出來嗎？

醒來。窩在被窩裡發呆。起床。泡茶。喝茶。去拿報紙。看報。懶散思考今天要做的工作順序。盯著廣告傳單的「今天特價商品」打量。躺下。忽然想睡覺。

但這些事，只是部分，不是全貌。自己這個個體在短短數小時的形成、發展、結果。那就是今天的我的「全貌」。可我連這點小事都無法徹底掌握。

別說是數小時了，就連今早起床至今隨便截取其中的十分鐘，我都無法掌握期間的全貌。對於我自己，我無知至此。驀然回顧這點，我驚愕得幾乎想放聲尖叫。

這世上，有句成語叫做旁觀者清當局者迷。縱使無法掌握自己的全貌，對別人的全貌反而比較容易掌握吧。想到這裡，我決定試著描繪竹筴魚燒烤過程的全貌。

輕輕刮除魚鱗。撒鹽。把鐵網架到火上。網子熱了就放上竹筴魚。燒烤。燒烤？

到這裡，我就卡住了。竹筴魚要怎麼燒烤？是從魚頭逐漸烤焦？還是從魚尾開始？還有火的位置。當魚皮烤得滋滋作響的瞬間，到底是甚麼樣子來著？油滴落時，火苗會竄到怎樣的高度？

我完全不知道。連我最愛的烤竹筴魚這項行爲，我都無法掌握任何一點全貌。

甚至是自己此時此刻置身的這個小角落的小小全貌，我也不知道。我在昏暗中伸出手，輕觸周圍，日子過得彷彿只是偶然。

這樣眞的好嗎？我思忖。

要看清全貌這種東西，說不定是可怕的事。不過我很想了解，烤竹筴魚這短短十分鐘的全貌。竹筴魚滋滋烤熟的瞬間幸福，以及那種殘酷，我想知道。

身邊常有書相伴

想啃

我小時候習慣躺著看書。順帶還有啃東西的習慣。我會一邊啃著零食之類的東西一邊看書。現在如果打開當時看過的書，還會在嚕嚕米系列發現椰子餅乾屑，在《飛翔的教室》發現硬煎餅的碎片，在《保母包萍系列／瑪麗・包萍回來了》發現黃豆麻糬的碎屑歷經三十年的漫長歲月依然卡在書頁之間。

長年來始終沒改掉這習慣。高中時我最大的樂趣，就是週六午後去附近的零食玩具店買非常油膩的洋芋片（那種油滋滋又很鹹的東西只有那家小店才有賣），在房間一邊吃一邊躺著看書。我這個高中生公然出入擠滿小朋友的傳統零食店實在很丟臉，但是「啃食的慾望」往往戰勝了羞恥心。

某個週六，一如往常準備走進零食店的我忽然發現大難臨頭。當時我喜歡的男生，竟然就走在我身後五十公尺之處。饒是不知羞恥的我這下子也慌了。我不想讓對方看見我走進零食店。但也不想放棄週六午後的幸福時光。我很懊惱。躊躇不前。苦惱呻吟。但最後「啃食的慾望」還是戰勝了色欲。男生已經走到十公尺外。就當著他的面，我被吸進了零食店。

那天下午看的《燕子號與亞馬遜號》最後幾頁，明顯還留有當時洋芋片油滋滋的漬痕。和那個男生當然無疾而終。倒是至今仍會不時重溫《燕子號與亞馬遜號》。

《宦官》時代

我第一本自己買的新書，是《宦官》（中公新書出版）。

那是中學的時候。

純粹出於客觀的好奇。有些人明明是男的，卻切除了陽具。在中國。他們失去男人的身分，卻似乎暗中活躍於政治世界與後宮。

記得曾在哪有所耳聞。說到這裡，同樣在中國，還有纏足這種習俗。纏足的女人，出現在賽珍珠的作品《大地》。那是個身段優雅，心機險惡，風情萬種的女人。花了兩天時間看完後，我一陣茫然（我感動時就會發呆），隔天飛奔至書店買下《中國列女傳》。

接下來那段日子我天天埋首在與中國相關的新書中，不過無論如何，起初是出於「淫靡的興趣」。

仔細回想起來，渴望了解「性」，翻開百科字典細讀，是在小學四年級時。關於「男性性器官」與「女性性器官」，年幼的我，想必已經非常明白了吧。

基於淫靡的興趣開始閱讀的那些文章與文字，最後總是讓我醒悟，「啊！這並非事不關己，和自己也休戚相關，與自己有明確的關係。」

書很好。專家寫的文章很好。即便是對我這種抱著不正經的曖昧心情展卷閱讀的人，他們也會貼心帶領我通往作者的淵博知識與思考路徑。

紙頁泛黃捲起的《宦官》，至今仍被珍而重之地收藏在書架的中段。

吉行淳之介《菓子祭》

不知不覺書本堆積，甚至已發展到進犯房間深處的地步，遂對書本來個大整理。

不過在過程中經常苦惱：「如果把這種書處理掉，一定會後悔吧？」「現在覺得『很好』的，將來或許會變成『不過爾爾』，反之現在覺得『有點難以苟同』的，十年後或許會變成『果然非常精采』？」

不過，算了。與其擁有太多，不如有所缺憾，感覺上好像更舒服。

留在書架上的書，全都沒有書腰。也沒有書店替客人包裹的書皮。因爲我的性子急躁，總是立刻一把扯下。

不過，唯有一本書包裹玻璃紙書皮。不是書店的手筆，是二十幾歲時我自己包的。

那並非甚麼外表富麗堂皇的書。是角川文庫出版，封面有知名插畫家和田誠設計的一彎新月與貝殼，畫面很不可思議，厚度不足一公分，這本書就是彙集吉行淳之介極短篇的作品集《菓子祭》。

吉行淳之介的文章我都喜歡，尤其是極短篇精煉文字的方式，以及簡潔文章之間散發的濃郁情色感，深深吸引了我。

在透明的書皮背後，特地用鋼筆寫上「菓子祭」「吉行淳之介」這種感傷的書籍處理方式，這是第一次也是最後一次。

同樣集結極短篇作品的《提包的內容》是講談社文庫版，但這本沒有包書皮。肯定是《菓子祭》這個名詞令我拜倒。

在腦中推敲自己喜愛的名詞，比起實際喜歡某人更有樂趣——當時（說不定現在也是？）我忍不住這麼想。

內田百閒《鶴》

「別人家，有別人的氣味。」某日，來玩的朋友說。

「別人的氣味」這個說法，令我頗爲驚訝。那種說法，完全不帶討厭的氣味或好聞的氣味這種好壞的判斷。

原來如此。即便在自己甚麼都聞不到，以爲是無臭場所的地方，還是有某種氣味。得知這點，我很驚訝。

海外的翻譯小說，即便是陌生作家的作品我也會大量涉獵，可是直到大學都過完一半了，幾乎還沒看過昭和時代日本小說家的作品。

說不定，昭和的小說就有別人家的氣味。雖然同處於昭和時代，同樣是日本人寫的作品，就是有別人家的味道。

別人家的味道。想必，那並非差異極端強烈的味道。肯定只是一點點不同。是煮菜使用的味醂與醬油品牌不同。使用的蚊香種類不同。開窗戶通風的頻率不同。

正因爲只是一點點不同，正因爲是在同一塊土地、同樣方式的生活中，才會理解那些許差異。

內田百閒的文章，很不可思議的，對我而言完全沒有別人家的味道。當然我的意思倒也不是說和自家的氣味一模一樣。

有生以來第一次買的百閒作品，就是《鶴》這本文庫本。與書名同名的〈鶴〉，描寫在岡山的後樂園近距離看鶴的經過，看完短短三頁的文章，我驚呆了。

發、發現了好、好古怪的東西！

我驚呆，狂喜。雖然古怪，卻沒有別人家的氣味。那是內容異樣，前所未見的文章。不過，或許非常近似自己的家人。這種東西，就寫在〈鶴〉這篇文章裡。

石井桃子《幼年物語》

翻譯《小熊維尼》、《小房子》等西洋童書，並寫出家喻戶曉的《信子乘雲去》而聞名的石井桃子女士，生於明治四十年，距今將近一百年。

這本《幼年物語》，寫的是石井桃子女士從小生長的埼玉縣舊中山道沿線的老家幼年生活。以〈早年記憶〉、〈身邊的人們〉、〈四季更迭〉、〈附近街區〉、〈明治的結束〉、〈一年級新生〉這六章構成的本書，描寫石井桃子女士從出生至就讀小學的記憶。百年前的生活，在這本書被描寫得無比生動。

那是比現在（二〇一二年）五十四歲的我還要早將近五十年前，石井桃子女士的明治生活。和我記憶中的幼年——也就是昭和三十年代——有點近似也有點遙遠。從三公里外的娘家嫁過來的母親，爲了年紀幼小還無法走完三公里路程的石井女士，雇了人力車。祖母的喪禮在家舉行，悄悄觸摸死者的腳，很冷。一大早就覺得背後搔癢，結果竟是昨晚躲進衣服裡的老鼠。父親的表弟「阿正」，小時候生了重病，如今雖已長大，卻賴在家裡整天遊手好閒——。

人力車、老鼠躲在背後，對我而言都驚人地彷彿八百年前的舊事，但在家中替親人送終，或是在家遊手好閒這種事，倒是很熟悉。在我自己的小說中，如果抱著「與現在並未相差太遠的不久之前」這種設定去寫作，有時都會被問「是明治時代的故事嗎」。這種時候我不勝唏噓，對年輕人而言，難道連不久之前的生活都已無法想像了嗎？事實上，生活並沒有那麼戲劇化的改變，其實是緩緩以漸進的方式改變吧。我記憶中的東西，和你記憶中的、年輕記憶中的、古老記憶中的，互相重疊，漸去漸遠。

年滿五十歲時最驚訝的，就是自己「居然活了半個世紀」。不過，半個世紀遠比想像中更短。

即便是百年前自己不知道的景色中，的確也有自己的存在。百年後的景色中，是否又會與自己的記憶有所關連？這麼想著，只覺又懷念又嶄新，於是我重讀這本書。

月票夾 ——關於北杜夫

我手邊現有的北杜夫作品，幾乎都是文庫本。每一本的封面都已磨損起毛。即便在書架上成排文庫本中也顯得格外破舊。不知到底重讀過幾遍。想到日本的小說家時，在我腦海首先浮現的，其實不是夏目漱石不是谷崎潤一郎也不是太宰治或三島由紀夫，是北杜夫。他是我開始用自己的零用錢買書後，購讀的第一位作家。

說到第一，在文庫本之外第一次買的單行本，同樣也是北杜夫的作品《醉漢船》。當時舉凡能入手的文庫本我都看完了，好不容易出了新書，於是等不及文庫本出版，便急忙買了單行本。

閱讀北杜夫，會出現許多不可思議，但對我而言最不可思議的，是愛上北杜夫這件事。即便喜歡作家的作品，也很少愛上作家本身。更何況，就算愛上了，也根本見不到作家本人，所以饒是再怎麼喜歡應該也只是輕微的小粉絲心理，可唯獨對北杜夫，打從老早之前便覺獲得作家本人的知遇之恩，簡直像是單戀般，一天比一天更喜歡他。

因此，高中時的我把北杜夫的照片藏在月票夾中。得知北杜夫似乎已經結婚甚至有了孩子時，我把航海記徹頭徹尾仔細翻閱，頭一次發現「啊！是和在這裡認識的女人結婚吧」，深受打擊。

被我這樣一直愛讀的北杜夫，至今重讀仍舊不減熱愛。我夢想著自己有一天也能寫出像《楡家的人們》這種龐大且細膩的小說。之前看他與辻邦生的書簡集，我很驚訝內容竟如此優美。到底是甚麼東西那麼美呢？是友情、乾淨的靈魂、文章，全都很美。我忍不住思索，在他寫就第一次認真面對父親茂吉的茂吉四部曲前，內心不知經歷了多少糾葛與逡巡？至今仍會不時翻閱的青春記，宛如自己的往事，讓人看得既害羞同時又異常甜美。能夠接觸湯瑪斯・曼的作品，當然也是拜北杜夫所賜。

北杜夫教了我很多。那些教誨不是一次全數湧現，是長年來點點滴滴的教誨。迄今仍在持續。月票夾中的照片迄今已歷幾度星霜，我見到北杜夫的夫人，也見到了他女兒，但我自信仍可讓那種單戀的心動一再復甦。

大仲馬《基督山恩仇記》

小學時，河出書房出版了一套給少年少女看的文學全集，我看了其中的《基督山恩仇記》（中村眞一郎翻譯。同卷也收錄井上究一郎翻譯的《孤星淚》）。雖然有趣，但就是普通的有趣而已。要把構造複雜、情節高潮迭起的故事所有要素全都塞在那寥寥無幾的頁數中當然不可能。上了中學後我偷看母親書櫃裡伊恩．佛萊明的〇〇七系列被臭罵一頓（她的理由是我看那種書還太早。眞是和平牧歌式的時代），當時她轉手塞給我的，是新潮社版本的世界文學全集頁面雙排式三卷，山內義雄翻譯的《基督山恩仇記》。

「不忍釋手」這個形容詞，我直到那一刻才首次切身體會。從此每過幾年就會重讀一次，出嫁時不得不忍痛把那三卷留在娘家（母親說甚麼都不肯給我），後來在舊書店找到昭和三十年代出版的三卷（非得是同樣手感的書我才滿意），這才總算安心。

每次閱讀，感想都不同。二十幾歲時吸引我的是男主角愛德蒙．唐泰斯（也就是後來的基督山伯爵）從他被囚禁的孤島監獄伊夫堡越獄的過程，三十幾歲時吸引我的是他精心設計、縝密實行的復仇手段，四十幾歲後我更在意的是土耳其高官的女兒，美女海蒂與伯爵的關係。

即將邁入五十大關的今年（二〇〇八年）正月再次重讀，這次，搶走伯爵未婚妻美蒂絲的費爾南之子與伯爵決鬥前夕的那一幕，令我感觸良深。美蒂絲知道兒子說甚麼都不是伯爵的對手，爲了替兒子乞命，夜訪伯爵府。本來冷血貫徹復仇行動的伯爵，因爲美蒂絲的懇求，決定中途放棄復仇讓自己在決鬥中落敗身亡。當時他說：「是我太傻。決定復仇時，我就該挖掉自己的心才對！」

以前我認爲，這一幕顯示出宛如替天行道般毫不猶豫執行復仇行動的伯爵，終究還是有血有肉的凡人。但這次我開始認爲，這一段毋寧更像是拋下整群羊只爲尋找一隻迷途的羔羊，同時，亦如「對野地裡不紡紗的百合花也同樣眷顧」這段新約聖經故事中的神，換言之或許顯示了伯爵的深厚神性？

伯爵之後逐漸停下復仇的腳步。雖然對於不僅害苦自己也造成多人不幸的人必須施予殘酷懲罰，唯獨對那個當初陷害愛德蒙·唐泰斯的罪魁禍首，卻讓他苟活下去。到頭來人不可能審判人，這不是世間凡人能夠做到的——以前我認爲作者是藉由這樣的情節演變來表達此意，但這次，我對得到高揚的神性，最後終於「赦免」他人的伯爵這種做法深深心醉。

復仇應有的結局，不是復仇的完成，而是得到能夠赦免他人的意志。這樣寫成文字，似乎是很單純的結論，然而讀完三卷最後感到這點時的充實心情，是難以言喻的美妙。這是唯有長篇書寫的優秀小說，才能夠在結尾呈現的「長篇巨作」的妙處。我很高興即便在多年後的現在重讀，仍能再次感到那種妙處。

最後。法利亞神父在獄中說：「只要有精挑細選的一百五十本書，就算那不可能完全融會人類的一切知識，也能得到所有有用的東西。」正月過後，忍不住動手整理堆積已久的書本時，這句話成了我有力的後盾。雖然對不起在獄中過世的法利亞神父這個悲劇人物，但蘊藏這麼實用性的箴言，也是長篇小說的可貴之處。

「扮演一頭牛」

問題，在於長度。

或者，該說是短度？

我想寫小說。卻寫不出來。不管如何掙扎，超過四百字稿紙十張的文章，就是寫不出來。

那是大學時的事。當時我心懷期待，以爲或許等我步入社會，過著和以前不同的生活，多少有了一點經驗後，就能寫出比較長的文章。

然而，沒用。

工作之後，還是不行。結了婚，還是不行。生了孩子，還是不行。

原來如此，我根本寫不出小說。寫不出來，是打從出生就已注定了。

過了三十歲後，我已半是死心。

既然如此我就再也不寫小說了。相對的，乾脆放心大膽的，書寫分不清是紀實文學還是純屬散文的文章，不給任何人看（不過，其實之前也沒啥可以見人的作品）。

我如此下定決心。

下定決心後，我從書架上盡量找出文章不長的書。稻垣足穗的《一千零一秒物語》、川端康成的《掌中小說》、吉行淳之介的《提包的內容》、內田百閒的許多散文集與小說。

我埋首書海。

然而，這樣的文章，我也寫不出來。

我很失望。

我還是不信邪——這次我取出外國作家的短篇作品。米歇爾・勒西斯（Michel Leiris）的《無夜之夜，無日之日》（*Nuits sans nuit et quelques jours sans jour*）。這是超現實主義者的夢境日記。

一九二五年三月二十日至二十一日

蘇格蘭人鼓起臉頰，吹奏形似畢卡索〈浴水的女人〉般巨大而膨脹的人形風笛。

這樣的文章，書內俯拾皆是。

若是這種，或許比較沒問題。

我暗自想著，心跳加快。

正巧當時，朋友提議創辦同人誌。說是同人誌，其實只是集合數人的稿子（未必是小說，比如摔角比賽觀戰記，關於日本全國各地特產點心的文章，或是古怪的四格漫畫），隨便剪剪貼貼後，按照人數影印，說穿了，規模極小。

這種小規模令我安心，於是悄悄決定也要加入。爲此動筆寫成的，就是《椰子・椰子》這篇虛擬日記。

雖然寫不出像勒西斯一樣風雅的文章，但是被日記這種形式啟發後，我頭一次感到：「寫、寫出來了！」儘管談不上甚麼了不得的文體，但至少，對於寫文章，而且是寫虛擬事件的文章時該如何掌握行文語氣和語尾、呼吸，想來當時的我已稍有體驗。

促使我不斷寫出可以見人的文章的，是〈神〉這篇短篇，那是在《椰子・椰子》刊登於那本小規模同人誌的五年之後。

一如《椰子・椰子》，〈神〉也是以日記體書寫。幸運的是，〈神〉獲得了限定字數在二十張稿紙（八千字）以內這個奇特條件的新人文學獎。如果當時，沒有得到那個限定字數二十頁的罕見新人獎，如果沒有各個評審委員推薦那篇連二十張稿紙都沒寫滿、只有區區十頁的〈神〉，迄今，我肯定還是寫不出超過十頁稿紙以上的文章。

之後又過了十幾年。幸運的是，《椰子・椰子》成書出版，而且我甚至開始寫起長篇小說。說來實在神奇。如今，重讀勒西斯，我再次感到，這種尖銳又風雅的文章，當時的我固然寫不出，今後恐怕也寫不出。

雖然試著效法「簡短」這個特點，但寫出來的東西完全不同，更加幼稚不成氣候。不過至少自己的文章總算可以見人了，或許好歹算是有點進步。

勒西斯的《無夜之夜，無日之日》夢境日記，自一九二三年至一九六〇年，斷斷續續寫了三十七年。

一九五四年年底

因為需要用錢，我在某鬥牛場受雇扮演一頭牛。

一頭牛！

我深深感到，自己果然望塵莫及啊。

準備好大哭一場

那是二〇〇三年的正月，《小說新潮》三月號預定刊登的短篇，我照例不拖到最後關頭不肯動筆，臉不紅氣不喘地接起責編打來的電話對答如流。

「篇名是吧？好的好的。對。已經大致想好了。不過，那個，我想再腦力激盪一下刺激靈感，所以請傍晚再打電話過來。」

實際上，無論名稱或內容，我壓根毫無頭緒。這一期的雜誌，是「江國香織・川上弘美特集」，預定刊載我倆的對談以及新作短篇。封面也是用我倆的照片，封面樣本早已送來了。

照片上方印有預告內容的暫定文案，上面寫的是「新作特集　江國香織『通天閣』川上弘美『老師的鞋子』」。這是新潮社編輯的遊戲之作。「通天閣」這個短篇名稱，自然是模仿江國小姐的長篇小說《東京鐵塔》，「老師的鞋子」則是模仿我的《老師的提包》。

傍晚很快就來臨了。電話毫不留情響起。我的小說依然一個字也沒寫。走投無路的我，看著封面文案的鉛字，索性豁出去回答：

「篇名已經決定了，哎，我猶豫了很久，最後決定用『通天閣』。」

胡扯。其實連猶豫的鬼影子都沒有。在一片空白中，我只是彷彿要抓住翩然飄落的一根救命稻草，借用了眼前江國小姐暫定的篇名罷了。

看著送來的三月號封面，江國小姐的短篇篇名是「準備好大哭一場」。一年後，江國小姐便以這本書名颯爽的短篇集風光獲得直木獎。

至今我仍會不時拿起《準備好大哭一場》隨手翻閱。如果江國小姐像我一樣，是「不見棺材不流淚的拖延症」、「事事得過且過」的類型，此書非凡又優美的書名搞不好會變樣……於是心中雖嘖嘖稱奇，卻也暗自慶幸沒變成那樣眞是太好了，然後像品嘗上等點心般，挑選其中的一兩篇慢條斯理閱讀（順帶一提，那篇〈通天閣〉後來收錄在《西野的戀愛與冒險》中。至今每次看到，還是會不自覺湧現彆扭之感……）。

頭痛的事物

我熱愛國語課，但在同時，也很頭痛。

我熱愛的，是現代國語。班上被視爲前衛進步派的學生，多半討厭現代國語的教科書。理由是，會喜歡那種體制內的內容未免太幼稚。的確，在我求學當時，教科書裡刊載的，是永井龍男、戶川幸夫、龜井勝一郎，以及山本周五郎。若說過於體制化好像的確沒錯，同時卻又覺得「不過，就算教科書選錄的文章故事太過四平八穩，如果仔仔細細閱讀，其實還是有滿激烈的地方吧？」然而，當時我還無法這樣將想法條理分明地說出。比方說，永井龍男的文字之優美及正派，正因爲正派，反而表現出某種尖銳不穩的東西吧？諸如此類的想法，如今才頭一次能夠以言詞表達出來。

認識梅崎春生的小說是透過教科書，讓我認識魯迅的也是教科書。兩者我都非常喜歡，當下衝去書店搜購文庫本。教科書於我，就是「介紹作者」的導覽指南。所以，上課時我埋頭沉迷於老師還沒教到的其他單元的小說，至於老師在講甚麼我幾乎充耳不聞（對不起……）。

頭痛的，是古典文學。

每次我總在懷疑，這真的同樣是日語嗎？動詞和形容詞、意義完全搞不懂的單字，還有標明漢文訓讀順序的雁點、返點這些符號。即便如此，漢文還好一點。至少，從漢字的字面或多或少可以聯想出意思。

完全束手無策的，是日本的古典文學。無論是竹取物語或徒然草、枕草子，我完完全全一頭霧水。當然，這並非教國語的老師害的。一切都該怪我自己腦袋太硬。

基本上，會這樣一頭霧水，是因為我武斷認定「古典文學出現的文字，和我現在使用的文字，是截然不同的兩個世界的文字」。現代用語和古典文學中的用語，其實一脈相連。可是，我一看到「甚爲」、「聖潔豐美兮」或者「侍奉」這些字眼，就覺得「哇，簡直像是天書」而逕自關閉了心門。

光用眼睛看，也是一大錯誤。如果讀出聲音，反覆吟詠，照理說應該會發現：「咦，這和現在自己使用的言詞雖有不同的音調，但是或許也有相似之處」。

結果，對古文的畏懼直到最後都沒改變。大學入學考試也要考國文，但我下定決心（其實根本犯不著下那種決心……）：「我放棄古文了。乾脆不看。」就這麼混過去了。

大學專攻生物的我，暗自拍胸慶幸：「這下子一輩子都可以和古文說掰掰了。好險好險」。沒想到，不知是何天意安排，之後我居然開始靠寫小說維生。我臉都綠了。身爲小說家不懂古文那還得了！於是，無奈之下只好買來源氏物語啦枕草子啦徒然草啦平家物語等等岩波文庫本，努力試著研讀。然而，就是讀不下去。我心想如果是比較接近現代的作品或許沒問題，於是又買了近松和御伽草子之類的話本通俗讀物，但我還是看得不甚了了。

難道就沒有更好的辦法嗎？每次見到似乎通曉古文的同行我就拚命請教，但是善泳者要教旱鴨子游泳似乎非常困難。始終沒有得到決定性的解決辦法，就這麼任由歲月流逝。

沒想到，今年（二〇一一年）正月，從詩人高橋睦郎先生那裡得到了令人拍案「就是這個！」的好建議。他的說法是這樣的：大多數古典文章，都是近似白話文的文體。所以，不熟悉當時用語的人，由於文字的省略精簡，自然難以領會意義。初學者毋寧還是從漢文脈絡較強的部分開始著手或許比較好。比方說雨月物語之類的。

實際一讀之下，哎呀我的媽。可不就是比之前的任何作品都淺顯易懂嗎！活了超過半世紀，這才終於抓到了閱讀古文的頭緒。

請問一下

東京不可思議

我認爲東京是不可思議的地方。

該怎麼說呢，目光所及的方向，會令得到的印象截然不同。

舉例而言，如果搭乘青梅線往西走，行駛一段路後下車，便有清冽溪水潺潺流過山間峽谷的美麗風景在眼前展現。空氣清新，天空高遠。讓人很想帶著便當與保溫瓶在溪邊席地野餐。那是悠哉的東京。

心情舒暢地吃光便當，眼看夕陽西下也該回都心去了。說著，轉乘中央線，抵達新宿後，空氣頓時變得僵硬，天空也異樣泛白。外行人難以區別的高樓大廈林立，啊，不過唯獨這棟大樓我知道，是東京都廳嘛！我一邊這麼想，一邊高興地試圖走近，卻遲遲無法走到都廳正下方。看似近實則遠，感覺上，就像彷彿唾手可及卻遠在天邊的良夜滿月。一小時前還坐在奧多摩河邊的草地觸感，似乎倏然遠去。這是有點疏離的東京。

從我出生至今將近半世紀，雖然泰半時間都住在東京，但若問我「東京是甚麼樣的地方？」我還眞不知該怎麼回答。因爲說起來沒完沒了。只要搭乘幾分鐘電車，車窗外的氛圍便已截然不同。就連同一個地方，白天與黑夜也大不相同。有老街。也有新開發的市鎭。是狹窄擁擠的場所。反之，也是異常疏闊冷清的場所。

然而，世界任何都市，想必都一樣。對於不是過客的長期定居者而言，場所不可能永保單純的印象。時間越久，住得越長，感覺就越糊塗。就好比長年同居的戀人，比起剛同居時，多年之後更容易覺得彼此「眞是不可思議的人」，或許兩者頗爲類似吧。

雖無法掌握東京全貌，倒也有一些喜歡的地方。我尤其喜歡的，是湯島一帶。母親的娘家就在湯島。說來已是四十年前的往事，有時母親會在週六帶著年幼的我回娘家。小學只上到中午的課業結束後，我就和母親在車站會合，揹著書包搭乘電車。

剛過中午。小學生特別容易餓。不到一小時的路程，我的肚子總是咕嚕咕嚕叫個不停。但我拚命忍耐。因爲我知道，抵達湯島就可以吃大餐了！

母親的娘家是商家。而我家是清寒的學者家庭，很少花錢去外面上館子。當時東京還沒有像現在這種廉價的牛肉飯或漢堡店。去了湯島，外婆總會請我吃午餐。早已爲住在家中的工匠及身爲店主的外公備妥午餐的外婆，見我和母親一到，立刻把大錢包往圍裙口袋一塞，說聲「我正在等你們呢」，繞到我身後幫我把書包取下，然後就這麼出門，祖孫三人去附近的館子。

這年頭的日本人，如果聽說有美味餐廳，就算從未去過也照樣勇於登門嘗試，但當時大部分的人只去固定的店家。外婆也一樣，如果吃天婦羅，就是天庄；吃蕎麥麵的話就去池之端的藪屋；爲店裡工匠準備點心時，就去角瀨買豆子年糕或麻糬；要買晚餐吃的鹽漬魚或酒糟魚，就去丸赤。

今天想吃甚麼？天婦羅還是蕎麥麵？被這麼問起，我通常會回答「天婦羅！」有沾裹酥脆麵衣的柳葉魚和蝦子。把蘿蔔泥放進醬汁中看它緩緩下沉的樣子也很有趣。剛煮好的白飯，放上沾滿醬汁的炸南瓜，像吃蓋飯一樣大口扒飯，也是一種樂趣。

當我興奮地歡呼：「外面的飯好好吃喔！」母親面露困窘警告我：「不可以這麼大呼小叫。」外婆端坐著笑嘻嘻舉筷，偶爾還分我一尾炸蝦。吃完了，外婆嘿咻一聲走下包廂，對著店內深處吩咐「買單」。不是說「請來結帳」。感覺上只有在習慣的店才能用的買單，聽起來非常風雅。我住的西區新興地帶，和打從江戶時代就一直很繁榮的湯島區，雖然同樣是東京卻差很多呢。當時我如是想。

母親的娘家賣佛具，總有各種人進進出出。有一次，看似國中生的男孩子隻身前來。像這種賣佛壇佛珠之類物件的商店，年輕男孩子獨自上門的情形很少見。男孩子遲疑片刻，最後小聲說：「我想買佛像。」

要甚麼樣的佛像呢？外婆問。那個，像寺廟裡那種，舊舊的。男孩子這麼回答。沒有舊佛像喔，我們店裡有的，是這樣的佛像。外婆說著從裡面取出的，全是金光閃閃，感覺冷漠無情的嶄新佛像。

男孩子一臉失望地垂下頭。舊佛像恐怕要去骨董店找喔。外婆這麼安慰他，男孩子聽了說聲「好」就走了。眞可憐，骨董佛像很昂貴，那孩子哪買得起啊！我不管店裡員工和外婆的議論，自己悄悄從後門偷溜。因爲我對那個男孩很好奇。

男孩邁著沮喪的步伐走過店前斑馬線，一路穿過湯島天神的大鳥居。我還以爲他會順著馬路走向御茶水車站，卻見他拐入湯島天神的境內。男孩垮著肩膀，漫步梅林中。他買了鳥食，粗魯地亂撒。鴿子成群飛來啄食。

吃完東西，鴿子很現實地全部飛走了。男孩盯著地面看了一會，最後憤然啐了一聲。然後快步衝下男坂。

如果是在外縣市，暑假或寒假想必可以多待上幾天，可惜同樣位於東京，所以我難得在湯島過夜。因此，偶爾母親一個人先回家，留下我在外婆家過夜時，我特別興奮。

過夜隔天的週日，當時還是大學生的小阿姨通常會帶我去上野的阿美橫街。小阿姨是去買便宜化妝品，而我的目標是大包裝零食。走路不用十五分鐘，因此時髦的小阿姨每次照樣盛裝打扮，我卻邋遢地趿拉著涼鞋。

有時也會順便繞到松坂屋，進去逛一圈。那天，我也和小阿姨並肩走進人潮擁擠的松坂屋大門口。帶著阿美橫街紛雜的氣氛，我和小阿姨一邊嘰嘰喳喳說話一邊走路。

「啊，午安！」這個聲音令我抬頭，只見同一個小學的同學，和她媽媽及妹妹一家三口站在眼前。

午安。我回答，同時卻感到滿臉發熱。因爲我的洋裝胸前明顯留有昨晚沾到的醬油汙漬，光腳趿拉的涼鞋是外婆的，大小根本不合腳。

同學和她妹妹穿著同樣款式的輕盈白色小洋裝。她媽媽穿和服。打完招呼，我就拽著小阿姨匆匆逃出松坂屋。很可悲。女孩子就算年紀再小也懂得愛漂亮。倒也不必穿上特別昂貴的華服，只是想永遠給人看見自己精心裝扮的美好姿態。更別說是一時大意以爲不可能遇見熟人就蓬頭垢面邋遢出門。我滿心苦澀，走上通往湯島的坡道回外婆家。

那是多年前的回憶。但文中提到的店家及場所現在還在。外婆也依然健在，上次我去湯島時我們也一起吃午餐。

天婦羅和蕎麥麵，要吃哪個？被這麼問起，我回答蕎麥麵。年事漸增，比起天婦羅，我更愛清爽的蕎麥麵。付帳的，不再是外婆而是我。我當然沒說買單，而是以新興西區居民那種沒啥自信的口氣說：那個，麻煩結帳。

懷疑

一直深信不疑的事很多。那是從未想過是非對錯或適合與否，一廂情願認定的事情。

比方說，指甲油。

初夏時節，這年頭一次光腳穿涼鞋的日子，我總是仔細替腳趾塗上紅色指甲油。我向來粗枝大葉不拘小節，唯獨這件事做得特別仔細。我眼睛不好，只能屈膝把臉貼在腿上湊近腳趾慢慢上色。

其實那並不適合我。基本上我是個大塊頭，因此腳丫子和腳趾也很大。再塗上鮮紅的指甲油，該怎麼說呢，那種存在感超乎必要的強烈。從腳踝到腳尖都是。

即便如此，我一直認定夏天就該塗指甲油。多少也覺得這是一種禮貌。在別人面前起碼要塗點口紅，梳一下頭髮。同樣的道理。

不料去年夏天，也不知怎麼，特別忙碌，驀然想到才發現沒塗指甲油就穿了涼鞋。我根本忘了這回事。當然本來也只是基於禮貌才塗的。

膚色的裸足，膚色的透明指甲。糟糕，我忘了！這麼想著望向雙腳時，自己毫無顏色的腳尖頓時映入眼簾。咦，這樣子，好像更好看！我暗想。塗了指甲油的腳，看起來有點不自在。就好像在說，被人看到多難爲情啊。可是，甚麼也沒塗的腳，看起來一派淡然，甚至好像在輕鬆的嘿嘿笑。

回到家，我在鏡前鋪上報紙，穿著涼鞋就踮起腳映出全身，果然是這樣好。眞是的。搞了半天原來根本不必塗甚麼指甲油。發現這點後，我很驚訝，也如釋重負，回想塗抹指甲油的這些年，又覺得自己有點可憐，也對自己的愚蠢感到好笑。

從此我經常感嘆，試著去懷疑一件事還眞難啊。本來小說本身就是出自「一般女性眞的都喜歡戀愛嗎？」「所謂永恆的愛，恐怕沒有大家說的那麼珍貴吧……」「在豆沙麵包上塗乳瑪琳吃，眞有那麼噁心嗎？」這種對社會「既定想法」產生的疑問，所以我內心一直以爲自己善於懷疑，結果根本不是那回事。就連簡單塗個指甲油的對錯我都沒想過。

那麼，我最近對事情沒有之前那麼囫圇吞棗了嗎？並沒有，就在剛才還忍不住考慮今年差不多又到了該塗指甲油的時候。不過，這個純屬健忘。

請問一下

我從來沒有被男人搭訕，被人問路倒是常有的事。

光是今年，就已被問了三次。

第一次是在杉並區的阿佐谷，兩個修女問的。當時我正在等綠燈，身後忽然有人對我說：「請問一下，要去國稅局該怎麼走？」我不是很確定——才剛開口這麼抱歉，年長的修女已大步走遠了。我慌忙把人拉回來，「我想應該是走這條路。」我才這麼一指，年長的修女再次迫不及待地說著「這邊」就走了。聽我說明的年輕修女，每次都說「請等一下」去拽老修女的手臂，但對方還是急匆匆地走人。

第二次是在澀谷區的廣尾。我很少去廣尾（到目前為止我這輩子只去過六次），卻被和我同年代的一對男女攔下詢問何處有藥局。「您瞧。」女人說著伸出的手背上微微滲血。就是在那邊的圍牆擦傷的。女人說著，露出微笑。就算對我微笑，很抱歉，我還是無法告訴她哪裡有藥局。

最近一次是在熱海。聽說鶴屋旅館（也可能是龜屋旅館）就位於這條路旁，但是沒有吧，對吧？說著「對吧」，朝我發話的三個年長女人面面相覷一齊點頭。鶴屋啊，呃，我不知道耶。我這麼一回答，三人再次一齊歪頭思忖。三人就像高大強壯的三仙女。我只好帶她們去就在旁邊的土產店，向店主請教，順利解決任務。如果惹惱了仙女，那可不得了。因爲我記得「睡美人」之所以沉睡百年之久，歸根究柢就是因爲怠慢了仙女。

我對於凡是不清楚那裡的商店街何處有何種商店的地區，一律稱爲「外地」。這樣算來，阿佐谷和廣尾和熱海一律都是外地。若是在居住的地方被人問路也就算了，老是在外地被人問路，這究竟是何緣故？說到這裡才想起，也曾在巴黎被人問路。那是三十年前的事了。當然巴黎是我有生以來第一次造訪。當時我與母親正走在街頭。看到販賣稀奇小物的商店，就隔著玻璃窗盯著瞧，碰上手頭的錢應該買得起的服裝店就進去瀏覽，買件襯衫，純粹是很普通的觀光。但在我們停留期間，不只一次，是接二連三遇上問路的。每個人都不是問我母親，而是朝我發話（恕我囉嗦地再次強調，這不是搭訕。眞的，純粹就只是問路）。當我說「我們也是遊客」時，每個人都回答「這樣啊，但是感覺上不像……」

「因爲妳在外地也走得格外輕鬆自在呢。」比較親切的人或許會這麼向我解釋。「看起來好像比較無害。」或許也可以這麼解釋吧。「因爲妳穿著邋裡邋遢的，所以看起來比較像當地人」，這才是老實人會說的話。

雖然幾乎每次都愛莫能助，不過偶爾，也有能夠告訴對方正確路徑的時候，比方說，在我常去的超市被人問起廁所在哪裡時，或者被人問起就在我家旁邊的太宰治投水自殺的地點時。每次我都會非常詳盡地說明。走那邊的樓梯上去就是三樓對吧，然後走進收銀臺旁的紙尿片賣場就會看到洗潔精的貨架，那後方有黑色的門，啊，不過兩扇門當中左邊是日式馬桶右邊是西式馬桶所以要注意一下。那邊就有太宰的紀念碑不過那不是正確的跳水地點喔，其實在那邊的法國餐廳前，不過那邊是單行道所以要注意，啊，還有墳墓也在不同的地方，就在森鷗外的墳墓斜對面但是大家都很少去那邊參拜眞是夠了……。

對方招架不住，最後幾乎是落荒而逃。仔細想想，就算我答不上來，問路的人也毫不失望。反倒是我回答出來時，他們看起來更不滿。雖然有點難以釋懷，不過或許可以說，浮世衆生就是這麼回事吧。

記憶

美麗的東西很多。首先，母親的梳妝臺上放置的兩只細長玻璃瓶。裡面分別裝著透明的化妝水與白色的乳液。形狀一樣，只有內容物不同。母親偶爾穿和服時，從衣櫃取出的五顏六色的腰繩我也超愛。藍色、黃綠色、深桃紅色……當我這樣一一數來，母親就會告訴我正式名稱：這也叫做縹色、萌黃色、蘇枋色喔。雖然我聽不太懂，但是和蠟筆不同的色彩名稱，讓我覺得眞是太美了。

祖父來我家過夜時用的厚玻璃杯也很美。透明的玻璃上到處都像汁液淋漓流淌，染上紅色，是花色很奇妙的杯子，祖父每天早上會裝滿水喝一杯。這是水健康法喔。他如此告訴我。

廚房也有很多美麗的東西。其中我尤其喜歡的，是壓泥用的調理工具。那是用木頭與馬毛製成的。這種工具是將木片彎成圓筒狀，圓筒一端用馬毛製成篩網而成，使用時把蒸熟的地瓜或煮熟的蛋黃放上去用木勺的底部用力一壓，食物的泥便像魔法似地倏然落到下方，變成扭曲的繩狀物堆積在底下的盤子上。還有歷史悠久的開罐器、銀色勺子、紅色保溫瓶，附有握把可以搖著一直轉動的打蛋器，全都擁有儀式用具特有的美感。

家中充滿美麗的事物。那些都很便宜，但是芳香氣味和閃亮晨光還有美味餐點的記憶成雙成對，在孩童的眼中，變成比原本更有價值的美好事物。

那些都成了回憶。無論和服的腰繩、厚重的玻璃杯、開罐器、保溫瓶，曾幾何時都已磨損或破碎，遭到扔棄。不久前明明還在，可是仔細一算，所謂的不久之前，往往已是四十年前。即便如此，仍有東西保留下來。比方說，正月新年的年菜套盒與屠蘇酒用具。母親從來不買昂貴的用具，那是她唯一大手筆買下的東西。在湯島經營佛具店的外公找遍淺草的廚具批發店，讓對方給了七折的優惠。雖然並沒有特別悠久的歷史，但從紙箱中取出和紙包裹的朱漆套盒時，總會散發濃厚的漆器芳香。按照順序將五層套盒疊起，就出現金色的松鶴圖案。在套盒裝滿年菜向來是我的任務。

正月初三過後，就不會再用套盒。因爲年菜所剩無幾，已經無法裝滿套盒。所以初四早上會用溫水清洗套盒。這時我得負責擦乾水漬放回紙箱。從空紙箱裡的和紙中，小心翼翼地挑選出與之前包裹每層套盒時的同樣紙張，按照上面的摺痕重新包好，按照取出時相反的順序把套盒一一放回紙箱。

一年只用一次，因此看起來永遠嶄新。我曾在美術館看過德川家千金的嫁妝。螺鈿鑲嵌工藝加上泥金彩繪、金箔還有玳瑁。看起來豪華絢美，但我更喜歡我家的套盒。論及美麗的程度，自然比不上美術館的收藏品。然而讚嘆美麗的心情，總和某種回憶連結。每年自己裝年菜自己收拾的套盒，帶有準備過年的熱鬧與繁雜以及順利準備完畢時的安心感種種分量。從買來到我結婚爲止，這十二年當中我一直很珍惜套盒。

後來我只有返鄉時才會回娘家。正月新年也無暇留下過夜，待個幾小時就走了。以前由我裝年菜的套盒，變成由母親來裝，菜色稍有變化，裝法也不同。又過了十年後，父母皆已高齡，娘家的正月年菜簡化爲滷蔬菜和年糕湯，我的返鄉時間也特地和過年錯開。從此套盒裝在箱中再也沒用過。

今年，我鼓起勇氣決定請母親把套盒給我。母親從家中壁櫥上方櫃子取出，用宅急便寄來。收到打開一看，套盒與屠蘇酒用具依然光亮如新。我覺得彷彿事隔二十五年後與這些東西重逢。不是到手，是重逢。第一層盒子裝小魚乾、黑豆、牛蒡、醋蓮藕。第二層盒子裝昆布捲、蝦子、鰤魚。第三層盒子裝紅白魚板和蛋捲，第四層與第五層盒子裝滷蔬菜。二十公分見方的小小套盒排滿原本平凡無奇的料理，可一旦放進套盒頓時似乎變得色彩繽紛。大年初一父母來訪，紛紛驚呼哎呀和以前一樣哪，連令人懷念的菜色也一樣。初三過後我用溫水洗淨擦乾，又包進和紙放回紙箱。

我不太做家事。可是唯獨正月好歹會有樣學樣地做準備，是因爲擁有以前在娘家收拾套盒的溫馨記憶。據說美這個字眼最初本來是形容對親人的愛。直到室町時代以後才用來形容美麗本身。外人如果看到我的套盒，想必不覺得有多美。小時候之所以會覺得家中各種用品很美，其實是效法室町時代以前世人口中「很美」這個字眼的意義。

只有兩顆星

友人提議去喝酒，於是難得上街。

位於二樓的店面沒有冷氣，倒是所有窗子都敞開。圍繞桌子的四人，只有一個男的滴酒不沾。我問他不能喝酒嗎，他回答喝是可以喝但只喜歡酒的氣味。另外三人叫的酒每次一送來，他就會湊近酒杯，深吸一口氣說「好香」。即便勸他不如喝一點，他也只是拚命搖手。

酒過三巡，某人問起，最近戀愛方面如何？那人再次搖手，笑著說：「我沒錢，所以女人看不上我。」

續攤的第二間店倒是有冷氣，但入夜後空氣變得沁涼，所以我們選擇坐在外面的露天席。待了快一小時，我們站起來說那就搭末班電車回家吧，那人卻一臉困窘。

「我眞的沒錢。」他說著，從屁股口袋取出錢包，用手指勾開放鈔票的夾層往下晃給我們看。只有一張千圓鈔票輕飄飄落下。

眞拿你沒辦法，我們說著，三人分攤了那間店的帳單。正打算離開，那人又拽住大家的袖子。

「坐車走吧。」

開甚麼玩笑！不是沒錢嗎？那就老老實實搭電車回去吧。三人紛紛責備他，他稍微把頭一歪，

「不是，今天，我是開車來的。」他回答。

搞甚麼，那你早說嘛。啊，你要一一送我們回家？那眞是太好了——。大家異口同聲，都很開心。

一路走到投幣式停車場，那人站在付費的機器前。遲疑片刻。又怎麼了？湊近一看，「錢不夠。」他說。眞是夠了，我們噘起嘴，三人再次分攤了停車費。

從裡面駛出的車子，是小吉普車。雖有正面擋風玻璃，後面卻光禿禿很通風。一個人坐副駕駛座，我和另一個女孩子鑽進後座。

「與其稱爲座位，這根本只是空隙嘛，對吧？」我驚訝地脫下涼鞋拿在手上，在墊子上抱腿而坐。因爲沒有空間可以放腳。也沒有面向正前方的空間，因此我倆只能保持抱腿的姿勢相向而坐。

「出發！」那人說著，踩油門。手排車的排檔桿斑駁掉漆，每次換檔都發出怪聲。後面連窗子也沒有，萬一被甩下車就糟了，所以我慢慢開喔。那人說著，重新輕輕握住方向盤。

穿過大房子林立的住宅區，橫越環狀道路，經過車站，我將是第一個下車的人。或許是因爲路上車輛變少了，那人稍微加快速度。夜晚空氣拂過臉頰一陣冰涼。掉落路面的木槿紫色花朵被車子輾過。有狗叫。伸長脖子仰望天空，只看見兩顆星星。

我伸展弓起如蝦子的身體，拿著涼鞋下車。站在柏油路上穿好涼鞋，目送車子迴轉。隨即彎過轉角消失無蹤。這人眞的很缺錢。那樣子，連女孩子都追不到吧。

但比起女孩，他大概更喜歡現在開的汽車吧。我一邊這麼想，一邊走上露天樓梯。砰砰的清脆聲音響起，這才想到，今天沒吹人工的冷氣，一直在呼吸戶外空氣。深吸一口氣，頓時有種青澀的夏草氣味。

沒畫線的筆記本

我的皮包中，隨時放著一本筆記本。

最初買「筆記本」是二十五年前（一九八二年）的七月，之所以知道正確年月，是因爲翻開「筆記本」的第一頁寫著「一九八二，七月」。

空白頁面沒畫線，變形版[1]大小的封面是灰色的，知名插畫家大橋步畫的小男人圖案兀然杵在正中央。男人穿著條紋運動衫伸長手腳側身飛出去，八成是打橄欖

1　變形版：日本工業規格（JIS）紙類加工品大小分爲A、B兩種，除此之外的版型大小皆稱爲變形版。

球攔截的瞬間。但是沒畫出球。

「筆記本」中，寫滿了所見、所聞、所思。當時我成天夢想著寫小說。於是看到奇怪的人事物就會立刻記在「筆記本」上。

「天津甘栗的剝殼方法：一，掐出缺口。二，從兩邊壓擠。三，剝下澀皮取出肉（加上自己畫的栗子插圖）」，乃至「五種尖鼠的體重與氧氣消耗量的關係圖」之類的，總之，寫了一大堆「有點奇奇怪怪」的東西。

尖鼠的氧氣消耗量與寫小說要以甚麼方式連結，連我這個記錄者本身也不太清楚。不過，只要發現能將自己從當時的日常生活暫時抽離——哪怕只是一丁點——的事物，我就會像抓住救命稻草般寫在筆記本上。

第一本是在一九八九年寫完的，第二本在一九九六年寫完，第三本是二〇〇一年。筆記本的形式各不相同。不同公司製造的不同大小，唯一的共同點，就是頁面沒有畫線，一片雪白，僅此而已。

雖然號稱創作筆記本，但筆記本中，幾乎完全沒有直接寫到足以作為「創作」元素的東西。筆記本中有的，只是用來鞏固腦海與視野中模模糊糊的「某種東西」，尚處於準備階段的文字。

開始天天寫小說後，我不再購買新的筆記本。我改用大學筆記本，將小說裡的家族人物出生年月日及經歷、嗜好乃至星座之類的資料做成對照表或是逐條列舉出來。

手邊，總共有四本筆記本。放在書桌的架子上，不時取出隨手翻閱。第四本筆記本的後半部還是空白的。時間久了，空白頁已經有點泛黃，迄今一年仍會記錄一次。黑色的文字隨著手指翻頁的動作出現，雪白疏離的空間，頓時變得稍微親密。等墨水乾後，我試著碰觸黑色文字。這是不給任何人看，只屬於我自己的文字。就在這裡。千眞萬確。

深夜的海邊

我大學時專攻生物。

大四時要做畢業研究，去自己屬意的研究室做實驗。我的畢業研究，用到海膽。正確說來，是「海膽精子尾巴的運動性」。

爲何是海膽？海膽的精子尾巴的活動方式，和人類肌肉的運動方式非常相似。相似，且更單純。兼之，如果和樹懶的腹肌或鯨魚的心臟（這種東西是否和人類肌肉的運動方式相同我不知道，但實驗往往需要那種不可思議的材料）比起來，顯然更容易入手。

或許有人會想，海膽不是很貴嗎？不不不，海膽是免費的。因爲我們會在潮水退得最低的時間去撿海膽。不知爲何，那多半是三更半夜。海岸一片漆黑。戴著附有頭燈的安全帽，穿上有鬆緊帶、且直達膝上的塑膠雨鞋，和弄濕也沒關係的外套，我們走入淺水。被頭燈照亮的數十個海膽，出現在沙上。是小小的茶色馬糞海膽。可食用的海膽必須徵得漁會的同意才能採集。而我們使用的海膽，只是海邊的垃圾。我們毫不在乎地逐一撿起，扔進水桶。一下子就裝滿三個大水桶。

回到實驗室，急忙準備大批燒杯。然後，在每個裝滿海水的燒杯上放一隻海膽。燒杯很小，正好可以讓海膽像蓋子一樣卡著不至於掉落。

海膽被稱爲「亞里斯多德提燈」的部分向下蓋在燒杯上，開始逐一射精。因爲把牠放上燒杯前，就已先做了小小的操作。說是操作，其實並不可怕。只不過是滴一些會造成刺激的水溶液。

排滿實驗室桌面的燒杯中，全體海膽一齊釋出精子的場面很壯觀。當時還沒有男友的我，只能產生「海膽原來有這麼多精子啊」這樣的感想，但現在回想起來，我深深感到：「海膽八成很困擾也很不高興吧。」

話說回來，所有的海膽都射精後，我們將海膽再次放入水桶，走向黑暗的海邊。我們要把射精後的海膽放回原來的場所。

兩手撈起海膽，輕輕放入海水中。潑剌一聲，海膽回到海中。被安全帽的頭燈照亮，海面微微發光。

把所有的海膽都放回去後，已近黎明。睡意忽然襲來。回到臨海的實驗室，累得渾身癱軟，倒臥沙發呼呼大睡。

話說，做實驗那一整年，我一次也沒吃過海膽。採集來的海膽，不誇張地說，眞的是連最後一隻都原封不動活生生地放回海中。現在去壽司店如果端出海膽，我當然會開開心心吃掉，但當時，我壓根沒想過要吃那些替我釋放出大批精子，小巧可憐的馬糞海膽。

海膽曾是我的夥伴。是深夜裡，在冷清寒冷的海邊，很重要的夥伴。

喀拉蚩的荷包蛋

我喜歡荷包蛋。

一顆蛋，蛋白煎得焦黃，蛋黃半熟的那種。蛋白的邊緣如果焦黃酥脆，我更愛。

我吃過許多荷包蛋，但如今回想，記憶最深刻的，是喀拉蚩的荷包蛋。

那是二十四年前（二〇〇九年）從非洲回來的途中。南向飛行極爲耗時。必須先從馬達加斯加到奈洛比，再從奈洛比到阿布達比，然後從阿布達比到喀拉蚩，其間換乘了三趟飛機。

歸根究柢會去非洲，是爲了蜜月旅行。我想看原猿類這種稀有動物，就此決定旅行地點。出國前先在橫濱檢疫，注射黃熱病與痢疾還有狂犬病與肝炎的預防針，領取瘧疾的處方箋以及拉色熱與登革熱的相關宣導傳單，然後帶著大量的蚊香，就這麼啟程飛往馬達加斯加。

這是一趟不像蜜月旅行的旅行。我們在森林探險，跋涉山谷，抵達沼澤。搭乘二等列車，在雞跑來跑去的車廂內，啃著車站買來的油炸麵包。入夜後住在面向有許多醉漢大吼大叫走來走去的馬路、看起來很破舊的旅館。最後，我們沒搭上回程的飛機（本來預定搭乘的班機，毫無預告地提早兩小時飛走了），在下一班飛機起飛前，我們只能靠著身上寥寥無幾的錢，度過非常拮据的一星期。

那是一趟艱苦的旅行。但我喜歡艱苦的旅行，並無不滿。

旅行最後抵達的就是喀拉蚩。

我們買到了從奈洛比到喀拉蚩的機票。但是從喀拉蚩飛往東京的機票尚未到手。我們抱著「反正船到橋頭自然直」的想法等待。兩小時，五小時，七小時……時間不斷流逝。最後終於弄到機票。驀然回神，才發現肚子餓癟了。

黎明來臨。到了早餐時間。替過境室苦等許久的旅客準備的，就是荷包蛋。雙黃。蛋白的部分滴滴答答流開了。而且不知怎地蛋黃的顏色不是黃色，是桃紅色。我暗想：「看起來很難吃。」但我還是吃了。並不好吃。但也不難吃。

就只是這樣而已，但至今，我仍會不時想起四分之一世紀前那份荷包蛋的桃紅色。喀拉蚩的風很強。馬達加斯加的夜很暗。現在我在日本，吃著黃色的荷包蛋。世界很大，也很小，但畢竟還是很大。不知怎地，那之後我總會在腦海深處鮮明浮現桃紅色，一邊感嘆自己走得可眞遠。

一年一度

目前爲健康做了甚麼嗎？

被這麼問，會很困擾。

因爲我啥也沒做。

唯一做的，就是一年一度的健康檢查。

開始接受檢查，其實很早。是在我三十三歲的生日後。

當時兩個小孩分別是三歲和一歲。我尚未靠寫作維生。家有幼兒的主婦，難得有機會獨處。但是唯獨做健檢的週六上午，我終於可以獨自一人（不過當然還有一起接受檢查的人和醫生在）。雖然打著「孩子小，如果有甚麼毛病我想及早發現」這個表面上的理由，但在當時那個年紀就如此起勁地每年做健檢，純粹只是想享受獨處時光。哪怕在那期間，必須手忙腳亂地一下子驗尿一下子喝鋇劑這種顯影劑一下子膽戰心驚地看著人家抽我的血。

做完一上午的健檢後，有午餐可吃。這又是一種美味。當時我住在神奈川縣西部，醫院是農會醫院。或也因此，蔬菜非常新鮮。滷菜、炒青菜，還有烤魚。五穀雜糧飯上撒了海苔香鬆。泡菜也是手工做的。我從前晚八點過後就開始禁食直到隔天，因此這頓出自醫院廚房人員之手的午餐，深深安慰了我空虛的胃腸。

去了幾年後，附近鄰居叫住我。

「我也想去做健康檢查，但我是第一次。我們一起去吧。」

我頓時啞然。畢竟實際上，我根本不是爲了檢查有無疾病的徵兆，純粹只是想一個人清靜一下才去做健檢。如果和鄰居一起去，難得的孤獨時光豈不是泡湯了？

但我找不到好藉口拒絕對方。結果那年，我只好和小孩上幼稚園的同學媽媽兼附近鄰居一起去做健檢。

非常沒意思。期待已久的午餐，也變得食不知味。因爲吃飯期間，同行的那個人一直喋喋不休地對我說甚麼肝臟的ＧＴＰ數値啦血小板數啦喝鋇劑的感覺云云。之後有段時間，我再也不去做健檢了。肯定是因爲一年難得一次的愉悅時光被破壞，讓我心情很煩躁吧。

再次去做健檢，是又過了幾年從神奈川搬到東京後。我下定決心再也不對鄰居提起健檢，從此每年一個人悄悄去做檢查。

終於可以安心了。孤獨的，平穩的時光。

我是爲了享受這平穩時光才去做檢查，所以雖然熱心接受檢查，對檢查結果卻幾乎漠不關心。簡直是本末倒置對吧。過程勝於結果。這，大概就是我個人的健康法。

區內前十名

白蘿蔔醃米糠醬。海帶芽油豆腐皮味噌湯。納豆。煮南瓜。剛煮好的熱騰騰白飯。

吃著這樣的午餐（那是大約四天前的事），我心想自己在這當下肯定是全日本最幸福的人。這麼想的瞬間隨即又想，不，那太誇張了，怎麼可能是全日本第一，不過應該在武藏野市排名第三，不，那或許還是太誇張了，大概是區內排名第十七吧，但如果僅限區內這一瞬間，或許可以進入前十名？我就這樣不停左思右想。

難得精心調理的午餐令人開心。一旦開心就會湧現幸福感。但那當下，自己竟然會計較幸福度排名順位，這種反應把我自己也嚇了一跳。

對。我感到幸福時，會渾身發熱，同時也總是急匆匆在腦中迅速推斷「現在在這些走上澀谷公園街的人群中我大概是第七幸福」，或者「下午五點的現在在超市購物的成年人中我應該是第三十五幸福」，據此評估自己的幸福順位。

我的個性毛躁。也很容易鑽牛角尖。基本上完全感覺不到客觀性。或許可以說，是競爭社會的惡劣產物。不過，我腦海中的「幸福順位」，和一般的「競爭順位」在性質上還是有點差異。

比方說當我覺得「此刻在新宿御苑中大概是第二幸福」時，三五成群走在新宿御苑的，不知爲何都是和我非常相像的人。實際走在路上的，是我就算再怎麼發揮想像力也絕對比不上他們所經歷所思考的人。但在我呆呆盤算著排名順位的瞬間，新宿御苑的人，全都被替換成我想像範圍內的人了。而且，就像將科學實驗對象的條件限定後再來測量數值，我是將團體設定爲一定同等的人後再來測量幸福度。

該怎麼說呢，這是非常噁心的心理。但是，幸福的瞬間，就是這種噁心的瞬間。我想肯定是。完全忘記去忖度自己以外的人有甚麼私人苦衷或煩惱、喜悅，徹底自私，就是幸福的瞬間。如果會想到「別人的苦衷」，哪怕只是一瞬，頓時「幸福」就已蒙上陰影。別人多半各有苦衷。一旦設身處地感同身受地體會別人那種苦衷，幸福就會蒙上陰影。所以，要強烈純粹地感受幸福時，世界只能有自己一人。大概。

當然，幸福就算蒙上陰影也完全沒關係。有陰影反而更安心，況且幸福得宛如無瑕美玉的人，好像也很難做朋友。實際上，當我四天前面對熱騰騰的味噌湯，決定自己「排名在區內前十名」的瞬間曾感到如此幸福的事，已經被我忘光了。不是比喻，是眞的忘得一乾二淨清潔溜溜。

並不是因爲那是內容微不足道的幸福才會忘記。只是很自然地忘記。也不是健忘症（或許是，但那又是另一個話題了）。更不是強迫自己忘記。純粹就只是忘了。就在貼上前十名這個標籤的瞬間。

有時我不免會想，被我這樣遺忘的幸福瞬間，到目前爲止到底有多少次？是因爲厭惡自己那一瞬的傲慢所以才想立刻遺忘，抑或幸福本身就注定了無法保持純度？我不禁思考。深深地思考。

說到這裡，在不幸的瞬間，我絕對不會想到自己是「武藏野市排名第十一不幸」云云。我肯定不會決定順位，而且起碼會咀嚼那種不幸一整天。照理說應該是討厭不幸、喜歡幸福，爲何幸福轉眼即逝卻徒留不幸？好像可以解釋得像眞的一樣，但那八成也只是「像眞的一樣」，所以我就不多說了。不再多說，但我決定自己深深思索。

章魚飯

每月第一個星期五，齋藤女士會上門。叮咚叮咚。等不及門鈴響，我急忙打開玄關的門。齋藤女士從她拎來的籃子窸窸窣窣取出塑膠保鮮盒。這個月很熱，所以我把味道調得比較濃。齋藤女士說著一一擺放的，是章魚飯、煮冬瓜，還有涼拌豆芽。哇，看起來好好吃，這個月也謝謝您。我這麼一說，齋藤女士有點害羞，說聲是嗎，立刻轉身道別，就此離去。

齋藤女士應該是生於昭和個位數的最後一年，目前獨居。院子中經常有許多小鳥飛來，很疼愛附近所有貓咪。每月分發一次便當給附近鄰居是她的嗜好，舉凡她固定求診的醫院年輕醫生和護理師、鄰人B太太、再隔壁的年輕小夫妻，以及最近搬來的家庭，她都會烹製大量運用當季食材的便當一一分送。

齋藤女士一頭短髮。總是穿長褲繫著圍裙修剪院中樹枝，或是對貓咪中田君（名字不明但是中田家養的貓）說話，或是和跑來的附近小孩聊天。有時在車站附近遇到，見她穿著和服，我問她要上哪去作客，她說唉呀不是作客啦，是看醫生的日子喔，說著哈哈大笑。齋藤女士的便當總有濃厚的高湯香味。這個月齋藤女士煮的章魚飯，章魚的味道非常濃郁。我衷心期盼，自己也能像齋藤女士一樣。但我肯定學不來。

味噌

竹村女士寄來的包裹總是很巨大。到目前爲止最巨大的，是二〇一〇年夏天寄來的，有半張榻榻米那麼大。啊？這是甚麼！我尖叫著打開包裹，裡面裝了六顆大玉西瓜。秋天寄來的是大袋白米。到了冬天，是幾十根白蘿蔔和紅蘿蔔。而春天，是裝在大型密封容器的味噌。

竹村女士生於大正時代，住在信州。寄來的包裹，全都是竹村女士耕種的農作物，或者利用那些農作物自己製作的東西。比起前一篇〈章魚飯〉中四處分發美味便當給鄰人的齋藤女士，竹村女士要年長十幾歲。我今年（二〇一二年）五十四歲，所以嚴格說來，好像應該扮演照顧這兩位老人家的角色，但我完全沒發揮那種作用。甚至可以說，一輩子都不可能。去年大地震時也是，我擔心齋藤女士的安危於是去按門鈴，結果老人家一臉平靜地出來說：「以前打仗遭到機關槍掃射時要比這恐怖千百倍，哈哈哈！」反倒是忐忑不安的我被教訓了一頓。

我深深感到，自己太脆弱了。在前途未卜的年代度過青春時光的人眞的很強。那種強悍，不是表面硬撐出來的強悍，是內在更有主心骨更堅韌的強悍。

談不上吃了甚麼苦啦，他們說著一派平靜，逕自煮章魚飯種西瓜度過一生。肯定是耗費漫長時光才能千錘百鍊出他們這樣的生活方式。竹村女士的味噌，非常有味噌味。我想品味那種滋味，今日也肅然烹煮味噌湯。

娜烏西卡的偶然

第一次在電影院看《風之谷》時，我在女子高中擔任理科教師。正值二十五、六歲的年紀。自以爲已經很了解這世界，其實幾乎一無所知（當然現在也一樣）。

當老師的那段日子，我過著有點鬱悶的生活。作爲一個老師，我的表現如何呢？對極少數學生而言，是好老師。對大部分學生而言，是可有可無的存在。對某學生而言，是有害者。自己竟然對人有害，令我難以忍受。仔細想想，不可能只是有害無益。害固然有，益處也有。應該是視時間場合而定。然而，我只顧著對自己造成的害處苦惱不已。

我當時有點傲慢。人生在世，不可能完全無害。也不可能全然正確。但我卻爲自己犯的過錯苦惱：「本來不該是那樣」，我想是因爲太傲慢也太自信。如今，我對這個已稍有了解。**天底下沒有不犯錯的人。**

不過，總之當時的我爲此鬱鬱寡歡。所以看到《風之谷》這部電影時，我茅塞頓開。《風之谷》的世界，就是人類的錯誤造成的世界。只有一名少女能夠拯救那個世界。堅強、窈窕的娜烏西卡這個少女的存在，令鬱鬱寡歡的我受到小小的打擊。故事本身雖令我全心融入，感動得熱淚盈眶，但在同時，也對「美麗正確的少女」萌生一種……該怎麼說呢，不是嫉妒，卻近似嫉妒的情緒。那是複雜微妙的情感。我總覺得，自己就代表了犯錯的許多「其他人」，而挽救過錯的神聖象徵好像就是娜烏西卡。

不過，娜烏西卡這個少女當然不只是「神聖」的象徵這麼單純。這點，好長一段時間我都懵懂不覺。不，不是沒有發覺。我只是被侷限在另一個單純的二元對立世界。那是只分無用之人與有用之人，過於單純的二元對立世界。至於我自己，我認爲「自己在無用的那一邊」，所以還算好。當然反過來認爲「自己在有用的這一邊」也大有可能。這兩者，幾乎一樣。差別只在於指針湊巧倒向正極還是負極。方向雖不同但絕對量是一樣的。某些偶然，加上順勢而爲，好像便會輕易改變方向。

不再用二元對立區分自己及自己周遭世界的現在，我重看《風之谷》的錄影帶，這才赫然發現娜烏西卡這個少女的野蠻。甚至可以說，罪孽深重。當她得知父親遇害時怒髮衝冠，對於殺父仇人殺氣騰騰。如果沒被阻止，娜烏西卡八成已經對那些殺父仇人採取恐怖報復了。娜烏西卡絕對擁有足夠的意志和力量做出那種事。是偶然。或許也可說是必然。兩者，方向雖稍有不同但絕對量也是一樣的。

很偶然的，娜烏西卡成爲神聖的象徵。但娜烏西卡自己，絕非全然神聖。不管倒向正極或負極，都只是個順其自然的普通人。

第一次去電影院看《風之谷》是在寒假時。假期過後的第一堂課，我訥訥對學生訴說風之谷那個世界的生態系。但我想八成有超過半數的學生聽得一頭霧水。

關於娜烏西卡這個少女，我隻字未提。儼然像是把《風之谷》這部電影當成壯闊的生態系電影（實際上這一面也的確占了很大要素），就像中邪似的，滔滔不絕訴說「腐海」這個生態系中的植物種群與動物種群的相互關係。迄今，在當日那些學生中，搞不好還有人以爲《風之谷》這部電影裡，只出現了王蟲這種動物以及擁有奇妙型態的植物。

當時，我對於自己，以及娜烏西卡這個少女的存在，深感難以忍受。我必須再次強調，那是因爲自我意識太強烈。現在的我，無論對自己或他人，早已不再看得那麼重要。對於娜烏西卡這個少女，也開始認爲她只不過是生態系中的一介生物，是人類這個品種中的一個個體。正如我絕不特別，娜烏西卡也同樣不特別。人人都一樣不可能特別。然而，如今隱約明白這點後，比起當時，那個年輕、自我意識過剩又傲慢的當時，對於在不可能特別的人類當中成功塑造出娜烏西卡這名少女的奇蹟，反而更能夠感同身受了。

素描簿

小學時去同學家玩，只見大型摩登雜誌約有一百本整整齊齊疊放在一起。本來說好了要和同學玩洋娃娃，結果卻被雜誌吸引，完全忘了那回事。我立刻一屁股坐下，拿起最上面的那一本看得入神。

「那是《生活手帖》的第一世紀，從第一期到第一百期喔。」身後傳來聲音，嚇得我轉頭一看，原來是同學的媽媽。同學受不了沉迷雜誌的我，早已自己跑出去玩了。

那天，我向同學的媽媽借了《生活手帖》第一期到第五期。回家後，我埋頭閱讀直到晚餐。一天看一本，第五天再去借接下來的五期。就這樣費了半年時間，總算把一百本看完了。

決定結婚時，我對自己的家事能力頗爲不安，於是翻閱手邊的《生活手帖》，把關於家事的相關報導一一抄寫下來。「急救箱的內容」、「手洗毛衣」、「用盆栽種茄子」、「擦鞋子」、「如何善用熨斗」。我準備了中號的素描簿，用粗大的簽字筆仔細抄寫《生活手帖》裡的文字與插圖。因爲有「爲了第一個寶寶」這篇報導，於是把那個也列表記錄。需要用到的東西：實用的洋裝，棉被，浴巾，三十組尿布。不需要的東西：襪子，枕頭，果汁瓶。等小孩眞的出生時，我忠實遵守，絕不給襁褓期的寶寶穿襪子。

《生活手帖》在某段時期是我的指南。簡潔的內容。明確的文章。花森安治那種彷彿沁染身體的標題字體。是《生活手帖》讓我明白，擁有只能當花瓶的無用東西很丟臉。卻也不忘帶著童心。

婚前自製的「生活手帖版家事筆記」至今還在我手邊。是分爲料理篇、生活篇的兩本素描簿。隨手翻閱，有一頁是「動手打掃吧」，讓我無比懷念地想起了婚前那個充滿夢想與希望的自己——我要每天打掃，住在美麗的房子！諸如此類——現在的我，沒有住在美麗的房子，也過著滿室贅物拖拖拉拉的生活，所以翻開這本筆記不免也有點苦澀。不過，筆記至今隱約留有夢想的餘味，而且非常芬芳。我未必一直忠實追隨《生活手帖》花森安治的精神，但嬰兒的確不需要襪子。還有，燙襯衫的時候，如果從左袖的上半部開始熨燙，眞的會比較順手。

早晨

醒來第一件事，就是確認枕邊人是否在呼吸。去年搬進來的房子，臥室面向朝陽射入的方向。如果在晨光將將要射入的時候起床，我會伸長左腳避免吵醒枕邊人，光腳踩到地上，接著再用右腳摸索室內拖鞋。此時身體還橫臥在被子裡，所以身體與雙腿呈現時鐘指針指向五點時的角度。輕輕鑽出被窩，兩腳穿上室內拖鞋，瞬間確定自己是否筆直站立後，我伸手摸索著牆壁，一路來到走廊。

走到有電視的房間，把插頭插進插座。從那天[1]起，天亮的時間逐漸變早。春天的腳步近了。在月曆上已經入春一個多月了。之後天亮得越來越早，然後又逐漸變晚，一年白天最短的時候就差不多來臨了。早上起來看電視的習慣是從那天養成的。確認畫面邊緣有無新聞跑馬燈，看完今天的氣溫與降雨機率後，便關掉電視拔下插頭。

再次回到房間時，已有朝陽照入。枕邊人打開手邊小燈正在看書。要正式起床了嗎？這麼一問，他點點頭。打開窗戶遮陽板，又鑽回被窩，拿起昨晚的報紙。朝天仰臥，伸長雙手，看完攤開的報紙後，從剛自信箱取出的早報抽出廣告傳單，也打開看。

一邊看報紙，一邊對枕邊人嘀嘀咕咕和報紙無關的事。○子大學的時候據說埋過鴿子。是死掉的鴿子。因爲曝屍在外太可憐，當然死貓死痲雀乃至死螳螂也是，只要發現了她都會埋起來，不過據說死在路邊的小動物以鴿子最多。很崇拜○子的×子，也效法她埋鴿子，但她天生怕那種東西，據說是邊吐邊埋。但她還是堅持到最後。開羅的情勢與一公克黃金的價錢還有太陽能面板效率化的報導以及炸藕夾

1 這篇寫的是東日本大地震及之後的核災，「那天」指的應該是二〇一一年三月十一日。

的食譜。對面鄰居家的母親照片據說陳列在山本有三紀念館，是昨天掃落葉時對方告訴我的。報紙不時落下細微的紙屑掉入眼睛。好痛。今日的「名人訃聞」。從那天起有一整個月的時間看報紙時總是巨細靡遺，而且是毫不誇張地巨細靡遺。看完也沒扔掉，至今仍堆疊在書架的某一層。前天一摸已經乾得發脆，尚未重閱。還說要賣給越南咧，連自家的爛攤子都無法收拾。我一陣大罵。頭一次發現，只要情緒起伏劇烈時我就會先生氣。重要的人死去時和愛過的人離開時，現在想想的確每次都是先憤怒發飆。在悲傷之前。所以上次才會搞砸了。從朋友那裡聽說某人自殺的事，聽著聽著就開始怒火中燒——不是對朋友，當然也不是對自殺的人，是對好像一言難盡的種種因素——後來我甚至開始對朋友遷怒耶，真是的，我太糟糕了。定睛看著報紙電視節目版的照片。一陣淒涼。雖然自己也搞不清在淒涼甚麼。

把報紙折起放到地板，往身旁一看已空無人影。原本淡淡的日光已經熾烈明亮地照了進來。剛才我在生氣時，他好像去洗手間了。後來回來了，於是怒氣的後半截不再語帶憤怒只是淡然訴說。用正常的語氣說出來，就變得好像不知道是在說誰了。不過我還是照樣喋喋不休。

一天早已開始。某人走過路上的腳步聲傳來。「父親的身分得以確認所以可以火化放入納骨塔了，上週是七七。有首歌叫做〈別在我墳前哭泣〉，但是寫歌的人八成沒考慮過這種狀況吧。維持普通的生活很困難」——我想起住在宮城縣的朋友來信中的這段話。這段話，我每隔三天就會想起一次。

一日開始。切記。要去買洗潔精。還要買小蝦米。還有海帶。枕邊人好像體貼地出去丟不可燃垃圾了。煮點薏苡茶，讓屋子暖和起來吧。洗潔精和小蝦米，海帶。切記。切記。切記。今日的受災死亡人數是一五八三九人，失蹤者三六四一人。日出時間是六點二十一分，日落時間是下午四點三十二分。而太陽，已升到比剛才稍微高一點的地方了。

身邊常有書相伴 2

異常美麗的日落——《與全世界爲敵》（白石一文）

看白石一文的小說，讓我想起提姆・歐布萊恩的小說《核子時代》。《核子時代》中出現一名少年。少年總是忽忽欲狂。他不懂自己以外的人，爲何明知活在如此不確定的可怕世界——不知幾時會爆發核子大戰，而且人類說不定會立刻滅亡——卻還能如此若無其事。

這個世界，充滿悲慘的事、不合理的事、困難的事。透過報紙、網路、口耳相傳的聲音，以及自己這雙眼睛，我們每天都目睹或聽說那種事。然而，我們多半也像提姆・歐布萊恩的小說中那個少年周遭的人一樣，說著「不過，話雖如此，還不是照樣平平安安活到現在」，若無其事地繼續過生活。

我們很擅長假裝事不關己。也擅長把責任推給別人。同時，也很擅長偷換概念唱高調。

面對充斥這個世界的悲慘、不合理、困難，當自己切切實實接收到，不再以爲事不關己而是認眞開始思考時，我們肯定會絕望過度，一蹶不振。

不妨試想。現在正受到炸彈攻擊的人。被地雷炸飛的人。餓得半死的人。遭到殘忍屠殺的人。忍受病痛折磨的人。被信賴的人嚴重背叛的人。那些人本身，以及衷心愛著那些人的人，該有多麼悲傷。

白石一文的小說，總是針對活在這不合理世界中的世人的各種痛苦，目不轉睛地細細描寫。宛如提姆．歐布萊恩的小說中那個少年。無論哪本小說，都是描寫日本的現在，所以沒有轟炸也沒有地雷。但即便在全球算來比較和平的日本，當然也有數不清的痛苦與悲傷。那些人的悲痛，白石先生是多麼眞摯地正面描寫啊。

白石先生的作品之所以精彩，不只是因爲他眞摯地描寫出那種悲痛。這個不合理的世界，到底該如何才能更好？這點，白石先生一直在不停思考。無論哪部作品，他都如此不斷書寫，最後在這本書，白石先生想必已做到一個極致。我在閱讀過程中不知這樣想過多少次。

這本書採取套中套的敘述方式。提及的文章，被設定爲由主要敘述者「我」的友人K＊＊＊氏所撰寫。敘述者看到擁有開闊人格，眞心關懷朋友的K＊＊＊氏死後才被發現的文章，既驚訝，又感動。而且把擁有「與全世界爲敵」這樣挑釁篇名的文章託付給編輯。那篇文章，正是這本書的內容。

正如這大膽的名稱所示，K氏的文章從一開始就砲火猛烈：「我不愛孩子也不愛妻子」、「人類就像癌症」。K氏斷言，人，只能夠「就像被『生』與『死』這兩根釘子釘住兩端的線，活在當下人生」。看到這裡，「怎麼會！」我不禁倒抽一口氣，感到強烈的反感，卻又忍不住沉迷其間。太精彩了。敘述者在前言寫到「對內容有種種異議，自相矛盾的記述也從開頭就以相當的頻率一再出現」，也是故意設計的。打從一開始就已告訴讀者，這是可能令人反感的內容。即便如此，「我」還是認爲「很想把這篇手記傳達給二十歲左右的年輕人」，於是將稿子託付給編輯。

結果，對於K氏的手記，我雖也頻頻感到「應該不是這樣吧……」，卻還是一口氣看完了。因爲，即使心裡不斷吶喊瑣碎的反駁，這篇手記還是有某種力道強大的東西，令人絕對無法輕忽。

人，遲早都會死。儘管說話方式再怎麼委婉，對芸芸衆生而言那仍是明確的事實。K氏的手記沒有對那個事實視而不見，而是深入地探討再探討。叫人怎麼可能不去閱讀？

看著這本書，我想了很多。看到一半，也曾拿起不同的書。尤其是從奧許維茲集中營生還的猶太醫生弗蘭克分析集中營衆人心理與行動的《夜與霧》，以及同一位作者的演講紀錄《即便如此還是要對人生說YES》。

當悲慘的死亡已確定時，人能夠如何度過死亡前的最後時光？還有，該如何才能讓那段時光變得稍微好過一點？弗蘭克與這本書中想必是虛構人物的K氏置身的狀況雖然大不相同，但在苦惱的核心部分自有其共通點。

弗蘭克對於在集中營的感受，是這麼寫的：

這具身體究竟是我的身體，抑或早已是屍體？自己到底是甚麼？只是成堆人肉中，被關進小屋的群眾中，每天以一定比例死亡腐朽的群眾中的一小部分罷了。（摘自《夜與霧》，V・E・弗蘭克／霜山德爾翻譯／Misuzu書房出版）

被送進集中營的人之中有百分之九十五立刻被送進毒氣室，剩下百分之五的人，一旦無法繼續工作時也會立刻被送進毒氣室，因此必須時時刻刻讓自己看起來很健康。他們爲了讓氣色更好，拿玻璃刮鬍子刮臉頰製造出臉色紅潤的假象，雖然稀少的食物讓身體枯瘦，幾乎暈倒，還是裝作若無其事在雪地走上好幾公里的路去作業場。

在那樣極度艱苦的生活中，某日弗蘭克他們看見美麗的日落景色。

我們後來在外面眺望西邊晦暗燃燒的雲彩，看著夢幻般從青銅色到豔紅，不斷變化出人世難得一見色彩的雲朵。而下方是成對比的集中營荒涼的灰色小屋與泥濘不堪的操場，積水的水窪倒映出仍在燃燒的天空。感動的沉默持續數分鐘後，我聽見有人問別人：「世界怎會如此美麗？」（摘自前書）

這是何等奇蹟啊。即便在極限狀態中，還是會感到日落的景象異樣美麗。在集中營這些世上最「貧窮的人」之間萌生的這種心情，即便窮盡言詞也無法說明，同時，也是人類本來擁有最美好最素樸的情懷。

看完《與全世界爲敵》最後幾頁，不知怎地我忽然想起弗蘭克書中日落的這一幕。

現代日本，與二次世界大戰的納粹集中營。

雖然地點與時間截然不同，隔閡之大甚至沒有任何一點可以拿來比較，但K氏手記最後幾頁呈現的「本來的愛」，帶領我聯想到弗蘭克書中所寫的日落之美。那讓我超越了原本毫不搭軋的兩個地點與時間。由於生活艱苦，集中營的囚犯已變得漠無感動、有氣無力，只能思考今晚吃甚麼，但當他們望著美麗的日落喃喃讚嘆，弗蘭克書中那個聲音帶來的，想必就算舉出任何例子都無法表達。即便如此，看完這本《與全世界爲敵》壓卷的最後幾頁時，我的耳朵，聽見了弗蘭克的書與這本書忽遠忽近互相奏鳴的聲音。

我們注定要死。

如果小說就是負責描寫這樣的我們如何朝著死亡的終點走下去，那麼我認爲，這本採取手記形式，乍看之下或許完全不像小說的作品，才是最像小說的小說。不必被凶惡的標題嚇到，反之，也不必拚命期待甚麼刺激，眞心渴求這本書的人，但願你們能夠順利與之邂逅。

不妨去看看吧 ——《食物達人》（野地秩嘉）

其實，我很少外食。雖然喜歡美食，但我幾乎從來不會聽了別人的推薦就主動去找好吃的餐廳，或是走進外觀看起來似乎很好吃的陌生餐廳。所以，要替介紹各家美味餐廳的這本書寫解說，該不會完全不稱職吧？我如此惶恐著，卻又非常想替這書撰寫解說。

畢竟，這本書提到的餐廳中，我聽說過店名的只有幾家，至於實際上去過的，更是只有一家。

這本書寫的是我不認識的餐廳、不認識的店主、不認識的料理。按照常理，要欣賞這樣的書很困難。

沒想到，並非如此。真不可思議。

這本書的文章，是如今已停刊的某男性雜誌連載的內容。那本男性雜誌看起來就非常高級，當時我還深深感嘆「哎呀呀，這是和自己徹頭徹尾扯不上關係的雜誌啊」。沒想到某天在牙醫診所的候診室隨手拿起那本雜誌後，從此成了忠實讀者。

——爲了看野地秩嘉後來彙集成書的連載專欄。

各式各樣的餐廳從外表看不到的舞臺背後。在那舞臺背後辛勤工作的餐廳主人的來歷。對工作的想法。不經意間透露的日常生活的沉澱。

這本書，寫的就是這樣的事。

關於美味餐廳的料理有多麼好吃、那些料理每天是怎麼做出來的，寫這種東西的書很多。分別都有出色的寫法。

而這本書，也的確提及各家餐廳的料理是多麼美味可口。但是，作者八成（純粹是我自己的推測）是刻意對這方面簡單一筆帶過。

那麼，一筆帶過之後，又寫了些甚麼呢？

是「敘事」。

「敘事」。

那和「故事」稍有不同。

故事，擁有骨架。也略帶教訓。是普遍性的。你我皆可從故事中發現自己的投影。

而敘事，雖也有骨架，相形之下卻更輕飄飄。拿起「敘事」輕輕搖晃，敘事的形狀就會有趣地變來變去。而且，敘事沒有教訓。純粹快樂，純粹悲傷，純粹好笑。雖然也有人把自己投影到敘事中，但比起那個，光是悠哉聆聽或觀賞敘事者的聲音與表情，就已充分有趣了。

我認為近來頗有一種試圖客觀判斷餐廳供應的料理是否好吃的風氣。

那當然也很有趣。

不過，我自己，對於喜歡的店，一秒也不想保持客觀。

對於喜歡的店，我只想一心一意去喜歡。那就和只想一心一意喜歡意中人，不管旁人說甚麼的念頭是一樣的。不過硬要說的話，或許有點傻氣就是了。

這本書的寫法，或許，就是以某種「傻氣的想法」為基礎——我邊看邊如是想。

作者緊跟著每家餐廳的主人貼身採訪，得來大量的「敘事」。辛苦的敘事。不認輸的敘事。哀切的敘事。有點痛快的敘事。

沒有任何一則敘事是從最初到最後都風光。

每一則敘事，都有點裝傻、頑固、有點令人莞爾，但又非常舒服。

整本看下來，好像可以理解作者喜歡的是哪種餐廳、哪種店主。

而且，也會萌生：如果是那麼用心的店，好，那不妨去看看吧！

這本書，不是美食指南。大概。

萌生「去看看吧」這種念頭的我，肯定也有可能在實際走訪之後，覺得好像與想像中不同。

不過，那是理所當然。

因爲這本書中充斥的，是作者「傻氣的想法」。

就算我去了書中介紹的餐廳，覺得「好像與想像中不太一樣」，想必我也絕對不會失望。

因爲我認爲，再沒有比「傻氣的想法」更美的東西。

用自己的眼睛、心靈、頭腦去判斷後懷有「傻氣的想法」的人，非常寶貴。在這個世人多半根據別人的話做決定的年代，尤其是。

喜歡走進陌生的店，只憑自己的眼睛與心情，探問那間店背後「敘事」的你。若是這樣的你，肯定可以充分理解這本書的好處。

傳達——《野花安寧病房書簡》（德永進）

那張信紙，比普通信紙更大張，紙質也更厚。右下角印刷著雙層建築的圖案，一旁是小字印刷的「野花診療所」地址與電話，還有網址。

以「川上弘美小姐您好」開頭的這封信，是非常圓潤柔和的字體。該怎麼說呢？或許可以說，每個字裡都蘊藏大量空氣吧？沒有尖銳之處，也沒有撒嬌裝可愛的痕跡。字跡清楚易讀，卻也有一點點歪斜。我心想，這眞是奇妙吸引人的字體啊，一邊閱讀內容。

來信內容是詢問我能否參加「鳥取縣生命研討會　第一屆　豎耳傾聽的日子本地的安寧照護——」這項活動。

邀我做文學演講或公開對談的，到目前爲止偶爾會有，但是關於安寧病房的研討會，當然是頭一次。

（為何找上我？）

大抵本就極不擅長在公眾面前說話的我，按照往例應該會立刻回絕對方。但不知怎地，這次我居然頭腦不清地打電話給信箋上印刷的「野花診療所」。那個。我是川上弘美。呃。請讓我參加。不知不覺，我已對著接電話的德永醫生這麼脫口而出。

雖然脫口而出說要參加，但是關於安寧病房的現狀與醫療的種種問題，我到底能講甚麼？研討會舉辦前，我一再感到不安。然而不可思議的是，每次，彷彿察覺我的不安，德永醫生都會從鳥取打電話給我。

「您好。」

德永醫生總是用那慢條斯理，彷彿吃著茶點在溫煦陽光下悠然坐著的語氣打電話來。於是，我原本不安的心就會平靜下來，立刻轉為「船到橋頭自然直」的心情。

這種稀有的安心感，究竟從何而來？

爲了解決這個疑問，我看了好幾本德永醫生寫的書。

哇——好有意思的人。

看著書，我深深感嘆。

「野花診療所」，是以追求更好的臨終照護爲目的，由德永醫生於二〇〇一年在鳥取開設的安寧病房。幾乎所有病人，都將在不久之後死去。屆時，到底能做些甚麼呢？面對死亡這個人生僅有一次的大事，該怎麼做，才更能好好接受？德永醫生在錯誤中不斷嘗試。

不，在錯誤中嘗試這個說法，或許有點不對。「用這套看護方式想必不錯吧。那種模式也採用看看吧」這種一視同仁的做法，和德永醫生的做法好像不大一樣。

德永醫生會仔細觀察每一位病人。比方說，這個人該怎麼做，才能讓他比較快樂。

是的。在野花診療所，「快樂」與「開心」好像被看得非常重要。坐輪椅去一直就在住處旁的海邊看海。炎熱的夏天買霜淇淋吃。愛吃蓋飯，所以每兩天就向食堂點一次餐。回到以前住的房子舊地重遊。病人這些難以開口的心願，德永醫生與護理師會輕輕巧巧地順利打聽出來（但也經常不是那麼順利），然後不著痕跡地替他們實現心願。

最厲害的是，德永醫生明明是在記錄如此積極進行種種計畫的安寧病房每日生活，可他的文章一點也不凝重。當然他寫得非常認真。但，並不僵硬。一如每次在電話中聽到德永醫生的聲音，一如他寫信的那種字體，給人的感覺輕柔圓潤，卻又很直接，悲慘的事也會照實寫出來，而且，很快樂。很開心。

當然，人不可能那樣快快樂樂、開開心心地迎接死亡。會很痛，很不甘心，很悲傷，還有很多很多複雜的感情不斷噴發出來。

那麼，德永醫生在那種時候是如何處理的呢？

德永醫生只是默默佇立在每個人不同的死亡時間旁。原來如此。也有這樣的死法。還有那樣的死亡。這麼想著，不禁肅然起敬。有時，也很後悔。甚至有時也感到自負：幹得不賴嘛。總之不管任何時候，德永醫生都在將死之人的身邊。那種毫不懈怠的累積，肯定與德永醫生帶來的不可思議的安心感有所關聯。

德永醫生寫了許多文章。甚至令人懷疑，照理說他應該很忙，爲何還有空寫這麼多東西？

或許一方面是因爲他喜歡寫文章。但更重要的是，我想，是因爲德永醫生有他熱切期盼傳達的東西吧。

他想盡可能傳達給更多人。那大概不是出自德永醫生自己內心的個人信念。肯定是將死的人留下的想法。

他描寫許許多多死者步向死亡時的樣子。文筆淡然。驚人的是，沒有任何人的死是相同的。看了會很感動：啊——是這樣啊。感動，這個字眼聽起來假假的我並不喜歡，但就是會感動，沒辦法。

有人說，因爲人是唯一的存在，是無可取代的存在。這個說法，聽起來同樣也假假的。不過，看了德永醫生寫的書，我開始認爲，或許的確是那樣吧。在這裡，死亡被清楚記錄下來。彷彿在書寫世人的日常生活。原來如此。死亡，和日常密不可分啊。我自認理解，但果然還是不懂。所以，德永醫生才會提筆寫作吧。寫下自己見過的死亡帶來的種種東西。寫下有些人曾經活著，但那些人已經死了。而且，那絕不特別，卻是無可取代，異常高貴。

《遺忘的過去》（荒川洋治）

看了荒川洋治的這本書，我在想：

「自己應該更用心地活著。」

針對「用心」這件事，請聽我說明。

在這世上，有種種「用心」。用心摺疊洗好的衣物。用心說明電腦的使用方法。用心對待他人。用心撈去浮渣。

用心，多半是針對自身以外事物的態度。無論是洗好的衣服、機器、他人，或者湯上面的浮渣，全部都是我們自身以外的事物。

荒川先生這本書的「用心」，稍有不同。這裡的「用心」，非常針對自己的內在。

看了〈芥川龍之介的外出〉，我大吃一驚。荒川先生根據芥川龍之介全集的年譜，用心調查了造訪別人家的芥川是以甚麼樣的頻率見到那家的主人。

五日，午後，與菊池寬一同造訪中戶川吉二。○
六日，傍晚，偕久米正雄拜訪菊池寬、小島政二郎、岡榮一郎，皆不在。
（三家都不在）×××

用這種方式，荒川先生推斷出芥川造訪他人時見到面的機率在百分之六十以下。

我心想，這太厲害了！其實我也和荒川先生一樣想過：「在沒有電話的年代，大家經常造訪朋友家。但是沒有事先通知就上門，肯定也經常發生撲了個空的情形吧？」可我從未想過要透過年譜去調查實際上文學家是以甚麼頻率、何種方式互相造訪。

在〈道〉這篇文章中，荒川先生被室生犀星的作品〈醫王山〉打動。然後，他開始看地圖，希望有朝一日能夠去位於石川縣的醫王山看看。到此爲止，還能理解。因爲我也想過「希望有一天能夠去《紅髮安妮》的故事舞臺，那個加拿大的小島看看」，於是買了旅遊指南《地球步方・加拿大東部》。也得知二〇〇九年當時，小島上的人口約有十四萬。

然而，荒川先生並沒有看看地圖就算了。他不是只看一次，他是天天反覆看地圖。看醫王山的山腳附近，也看隔壁的富山縣，結果寫出「對山腳了解了」「不只是石川縣，富山縣也開始閃閃發光」。

對山腳了解了。

看到這句話，我爲之戰慄。醫王山，荒川先生尚未去過。或許有一天會去，也可能終究沒去，雖不確定是何者，但在那之前天天盯著地圖看，而且，已經到了了解山腳的地步。

這樣的「用心」很少見。有種說法是「對自己誠實」，但和那個也不同。荒川先生並不是對滿足自己欲求的事情「用心」。在那方面，我想，他肯定不在乎。

荒川先生不在乎自身欲求，他只對「實際上，自己究竟在看甚麼？感覺甚麼？」這件事毫不含糊地觀察、觀察、再觀察。那是一種宛如撰寫植物生長日記的用心態度。而且最後得知「實際真相」後，荒川先生非常滿足。想必，光是那樣，便已足夠。

用心生活，其實不易。要仔細觀察自己的內在很費工夫。往往會覺得「算了，管他的」，索性模仿某人提議的做法，就算不去模仿，也會敷衍帶過、假裝忘記，這種情形我也常有。

但是，那樣很無趣。不是教條式的覺得不行，而是，該怎麼說呢，就像一種美學意識，荒川先生讓我明白，那樣「很無趣喔」。

在〈文學是實學〉這篇文章中，荒川先生寫到：

> 想在這世間深深扎根，過得豐饒。於是才華洋溢者化身為擁有那種心願的

人，驅使鮮明的文章與犀利的言詞，對我們開示真正的現實。那正是文學的功用。……把文學看成「虛」學，是大錯特錯。想到科學、醫學、經濟學、法學這些過去被視為實學的東西，作為一種實學反倒變成「可疑」的東西，蠱惑世人使其失常，文學的立場應已昭然若揭。

荒川先生寫的這段話，可以直接套用在荒川先生自己的文章上。只是默默凝視地圖。用心閱讀年譜。把小說全部讀通。或者，抱著改天再看的念頭，先放在身旁。然後，有一天，展卷閱讀。這本書寫的那些，直接成了實學。雖也會在一瞬間懷疑究竟能派上甚麼用場，但實際那樣做之後，就會發現自己其實不曾用心檢視自己的內在，也因此，自然會明白，原來還有更多更多深深扎根、過得豐饒的可能性。

那幽微之聲——《日本的小說　百年孤獨》（高橋源一郎）

小說，到底是甚麼？

高橋源一郎先生一貫在思考這個問題。不只是在這本書，在其他許多書中，以及各種書評，乃至文學獎的評審意見中，高橋先生都經常在思考這個問題。

其實，我也一樣。應該說，經常寫小說的人幾乎統統都在思考這個問題。

因為不明白。

這本書中，寫了許多重要的事。關於寫小說用的文字。還有，關於文字表達出來的東西。關於小說中的死者。關於小說的「自由」。關於非文學的事物。關於文學。

無論如何，小說是「自由」的，所以怎麼做都行。

自己寫的小說第一次被印刷出來時，好些人對我這麼說。

原來如此，我暗想。但是，自由到底是甚麼？雖說自由，但小說用的是有文法的言詞，那些文法，好像必須正確使用才行，況且就算把這種最基本的事撇開先不談，刊登在每月出版的那些所謂「文藝雜誌」裡的小說，總覺得，好像都得有共通的調性才行……。

平時看小說寫小說的人，內心忽然起疑萌生違和感。對此，高橋先生絕不輕忽。他一直在思考。說是「一直」，但正如這本書所提到的，（八成）「厭倦了就睡午覺……翌日……忽然感冒，躺了兩天，開始吧……雖然這麼想，但那當下如果有別的事可做，比方說……從第一集開始看漫畫……好不容易才又『繼續』……」雖然這樣斷斷續續，但始終不曾半途而廢，堅持繼續思考。

總覺得有點耿耿於懷。對現在的日本小說。對於從明治時代書寫至今的日本小說。有種言語難以形容的違和感。

在〈前言〉中，高橋先生針對使用文字溝通的困難，以及從日本近代文學之始，乃至之後百年來日本文學界所發生的事，概要加以敘述。在〈那篇小說在哪裡？〉一文中，他提到女性時尚雜誌擁有的「故事」之強力，相比之下，小說的「故事」之脆弱。在〈死人聽得見誦經與祈禱嗎？〉這篇中，他探討小說中能否書寫「死」與「死者」，如果可以的話，使用怎樣的文字是可能的。在〈那樣，不是文學〉這篇中，他引用〈傳言的培根〉[1]這篇小說，接著思考小說中的那些死者，以及小說的可能性與不可能性。在〈力量不足〉一文中，引用荒川洋治先生在報紙連載長達十二年的文藝評論，觀察日本小說是如何「老化」。最後在〈結語〉靜靜回想對日本小說的「違和感」並加以分析。

高橋先生絕對不會使用「知道了」這句話。儘管他用了多達五〇六頁的篇幅不

1 貓田道子的短篇小說。一九九九年刊於《Quick Japan》雜誌。因大量錯字、漏字及敬語的錯誤用法等「遠近感錯亂的敘事方式」掀起話題。高橋源一郎不僅一再為文提及，且稱之為「九〇年代最佩服的小說」。

斷思考。儘管他引用了六十五本相關文獻。

因爲，畢竟還是不知道。

這點，只要看了我剛剛大致「整理」出來的這本書內容，就會立刻明白。看不懂吧？即使匆匆瀏覽了我這樣的「整理摘要」。

文字，帶有不可思議的性質。

越是運用文字呈現某種事物，就會出現越多該呈現的事物，而且起初想呈現的早已不知逃到哪去了。那就像是本想撿拾掉在地上的手帕，卻發現手帕底下躺著洋娃娃，連娃娃帶手帕一起撿起後發現娃娃綴著一條繩子，繩子前端又綁了一個雕塑品，雕塑品尖起之處爬滿許多蟲子，把蟲子趕開後大鳥飛來啄起蟲子然後落在自己的肩上，接著……兩者是同樣的情形。起初明明只想撿一條手帕，卻不斷有別的東西跟來，最後甚麼都沒搞定就散得七零八落，話說回來，手帕到哪去了？……越想誠實使用文字，就越會發生這種情形。

這本書相當難得。令人拍膝叫好，會聯想、思考種種問題，也會讓人想寫小說、想看小說。不過，這本書也是相當痛切的書。因爲書中清楚指出，當你越追逐文字，它就越不肯呈現你想呈現的東西。

即便如此，最後，高橋先生如此寫道：

> 說不定，（中略）與旁人溝通，根本不可能。但我肯定還是會繼續寫小說、繼續思考小說。

同感。雖然有時悲傷，有時開心，常有深深的疲憊與絕望，然而小說家始終不曾放棄，堅持寫小說到今天。只憑著一絲渺茫希望，或許有一天在誰的耳畔，會幽微響起自己寫的小說中的聲音。

身爲一名讀者——《渾身的抵抗》（鶴見俊輔）

編輯問我要不要替鶴見俊輔先生這本書寫篇解說文章時，我頗爲不安：「我對鶴見先生的工作完全不了解，能夠寫文章嗎？」然而，開始閱讀這本書後，那種不安立刻消失了。因爲這書整體都在說：「做來有趣的，是思考。就算在別人看來像傻瓜，還是要思考自己眞正重視的是甚麼，尋求的是甚麼。因爲，那樣才好。」這讓我脫離了「撰寫爲這本書而寫的文章」，離得很高很遠，被悠然解放。

比方說，書裡有這樣一段：

九一一恐怖攻擊行動後開始了這個第一屆和平遊行，我抵達出發地點時，現場已聚集一百五十人。其中女性一百人，男性五十人。男性都有共通的性格，就是被女人帶領著行動。說得更進一步，他們似乎是欣然接受在生活中被女人指揮的角色。

我笑了！因爲我在想，女人是男人的兩倍。而且男的都個性柔和。那麼好玩的遊行不是挺好的嘛！文章接著又如此寫道：

唱歌、喊口號，肢體動作也很特別。以前的反戰遊行，和戰時軍隊的行進方式脫離不了關係。口號也是軍隊風格。

這短短兩行，令我驚呼。因爲我發現，鶴見先生雖然寫得很愉快，但他的文章內容其實很硬。對於無法脫離軍隊風格的安保鬥爭和反越戰遊行的複雜想法，從這短短兩行是如何強烈地流露出來！文章又繼續寫道：

我想起土岐善麿在戰後寫的和歌。那首和歌吟詠的是一九四五年八月十五日家中發生的事。

你覺得會贏嗎?老妻落寞低語

從明治末年到大正年間，身為啄木的友人，反對戰爭、反對朝鮮合併的歌人土岐善麿，之後卻以新聞人的身分，在進入昭和時代後站上舞臺不斷對國民發表支持戰爭的演說。期間，在家中廚房烹飪的妻子卻根據貧瘠的食材而對現實有不同看法。能夠誠實正視這種思想的差異、而跨出一步的戰敗後的歌人土岐善麿很了不起。

戰敗當晚，許多男人失魂落魄無心用餐。然而，有哪個女人會因此無心做晚餐嗎?女人一如其他的日子，照樣煮好飯菜。和平運動的根本，就在這無言的姿勢中。

看到這裡，我的心頭悸動加速。這篇文章寫於二〇〇三年，也就是將近十年前。然而此處，對當今的日本而言，寫出了多麼重要的事啊。

我寫這篇文章的現在，是距離東日本大地震約莫一年半後的夏天。地震後由於福島第一核能發電廠事故，日本全國所有核能電廠都已停止運作，但關西電力圈的大飯核電廠，仗著安全確認獲得保證這個政府的意見，在今年（二〇一二年）七月一日開始重新運轉。運轉數日後，原子爐內的核分裂再次到達臨界點，當前日本幾乎無法自行處理的核廢料，在此時此刻也正繼續產生。

在首相官邸前，每週五晚上都會舉行自發性反核集會。八月上旬的現在，那個規模一週比一週大。我現在五十四歲，已是對安保抗爭幾乎毫無所知的世代。參加集會的，都是和這樣的我同世代前後或者年紀更小的人，換言之也有許多人根本不曾見識所謂的「示威遊行」。

不是強制，純粹是基於個人意願組成的團體，不斷表達出反核的意志，這點，在核電事故後種種不信任感造成的無力感中，讓人感到很大的依靠。這種情形，在這個國家應該還是頭一次吧。看著抗爭的新聞我如是想。不過，看了鶴見先生的文章，讓我清楚明白並非如此。

其實早就有了。一直都有。不是強制性的，不是隨大流，也沒有處於亢奮的理想主義下，只是個人站在個人立場思考後達成「不得不」的結論，於是細水長流持續至今，那是沒有顯現於檯面上的，寶貴的抵抗。

在這個國家，戰後有甚麼樣的人做了甚麼樣的事？雖然生於同一時代，我卻只知一二。在這本書中，寫了許多我所不知道的事。

反安保條約抗爭行動。痲瘋病預防法廢止運動。支援越戰逃兵。聲援金芝河[1]運動。九一一後的反戰運動……詳細涉獵那些運動的鶴見先生，每次耗費時間回顧然後寫成的大量文章，如今都收錄在這本書中。

聽到運動這個字眼，活得飄忽散漫的我，頓時惶恐不已肅然起敬，但是看了本書的文章，緊繃的身體漸漸放軟。因為，鶴見先生的文章告訴我們，參與「運動」的人並非特殊分子，他們是人子是父母是過著普通生活的人。戰敗後，我們國家的精神土壤一直靠這些人繼續耕耘。

大正時代有許多堅持反戰言論的知識人，但在昭和時代漫長的十五年戰爭中，有誰能守得住那個立場？

從大正到昭和，那些教授起先訴求和平，最後卻支持戰爭。其中雖有幾人例外，卻無法代表教授全體。我們有必要探究日本全體知識人的這種紛紛轉向。反戰的根據，應該從「自己不想被殺」這方面尋求。理論，並非長期支持反戰姿態的東西。因為那並未植根於自己的生活中。

話說得很嚴苛。那種嚴苛，當然也在這本書的各種地方指向鶴見先生自己——

1　金芝河，因批判朴正熙等韓國獨裁政權而被捕的韓國詩人。

自己到底犯了甚麼錯？為何無法成就某些東西？

其實，前面引用的鶴見先生的文章，都在這本書開頭的三頁之中。還想繼續引用的文章，多得數不清。每看幾頁，我就會停下翻頁的手，每次，都會定定沉思三十分鐘左右。而且每次，都感到緩緩湧現對抗某種東西的勇氣。

請拿起這本書，仔細閱讀。請像我一樣，看過一次之後，再次拿起。值此時期，鶴見俊輔先生五十年來的種種文章得以彙整出版，具有重大意義。這本書的讀者，肯定都會希望自己沒有白白糟蹋那個意義。

時晴時陰

昆布捲

我喜歡年底的城市。

喜歡甚麼呢？我喜歡食品店門口排放的商品中，漸漸夾雜新年用品的那種感覺。

東京難得在店頭看到京都紅蘿蔔。肥壯的三浦白蘿蔔。各種魚糕，以及漩渦形魚板。鯡魚子，章魚，鰤魚。放在過年蕎麥麵裡的漂亮油炸麵渣。路邊攤的裝飾。米店「內有剛搗好痲糬」的招牌。

雖然不是那麼正式地準備過年，心情卻很興奮。那個也要買這個也要買，而且幹勁十足地盤算著今年是否該增加一兩道向來不做的年菜。

去年，我在鄰區的大型乾貨店發現鯡魚乾。對了。好久沒做了，自己做昆布捲吧。我突然靈機一動。

把鯡魚乾用洗米水浸泡一晚。昆布用水打濕，瓠瓜乾也泡軟。用昆布捲起鯡魚。正中央用瓠瓜乾緊緊綁住。以偏濃的調味咕嘟咕嘟燉煮數小時。煮好放上一晚，把昆布捲的兩端切齊，就此大功告成。切下的邊緣也不用扔。可以配飯吃。

其實，那是我這輩子第二次做昆布捲。第一次做，是結婚那年的年底。而第二次，很巧的正是這段婚姻解除（也就是離婚）這件個人大事辦完的去年年底。

察覺這偶然的一致，是過了一陣子之後。人生重大分水嶺的代表，居然是鯡魚昆布捲。察覺這點，不知怎地我忽然渾身乏力。到頭來，對世界而言，個人大事只不過是區區一個昆布捲啊。我清楚記得，就在渾身乏力後，隨即幡然一轉，心情變得異常安穩。

水獺

過了節分，我總會想起水獺。

因爲這個時節的季語當中，有所謂的「獺祭」。意思是「初春時節，水獺捕到魚不會立刻吃下肚，會先拿到岸邊排放。這叫做『水獺祭魚』，簡稱『獺祭』。」

第一次聽說這個季語典故時，我大吃一驚。

排放在岸邊！

不過話說回來，水獺到底是怎麼把魚排放在岸邊？是整齊排成一列嗎？抑或，是排成圓陣？又或者是Z字型？

想像有著扁平臉孔的水獺潛入水中捕魚，然後專心排列的情景，不免感到可笑又可愛而且又有點可怕。

同時，既然說是「祭」，我也很好奇水獺是拿獵物祭祀水獺界的神明嗎？水獺界的神明，到底會是甚麼模樣呢？

曆法上，春天是從節分的翌日開始。「獺祭」是春天的季語。而且，是春意尚淺時。

每年節分的夜晚，我會效法水獺，按照自己的年紀排列同數的豆子。以前寥寥無幾的豆子，如今變成長長的隊伍。老老實實排完後，從邊上那一顆開始吃，吃到最後一顆時，在心中默誦「從明天起就是春天囉，水獺」。

雖然陽光還不像明媚春日，但這個時期，空氣中的確已可隱約感到春意。然而日本水獺早已滅絕。

蛀蟲

我忽然發現已經很久沒把女兒節的雛人偶擺出來了。

娘家一直擺飾的，是裝在方形玻璃盒內的迷你雛人偶。那是父母在我出生時買的，直到我二十歲爲止，每年都會擺出來。不是層層擺飾的大型豪華雛人偶，這點反而讓我更喜歡。比起富麗堂皇的大型擺飾，帶有迷你趣味的東西更讓人安心。不過，也可能純粹只是天生窮酸。

過了二十歲就不再擺出來，是因爲當時我和父母之間暗潮洶湧。

當時我和壞男孩交往。

這段戀情遭到強烈反對，我與父母大吵，鬧離家出走，賭氣買各種東西送給那個男孩搞得自己一貧如洗，也難怪會遭到父母反對。不過，能夠這樣心平氣和地談論，是在幾十年之後，當時鬧得雞飛狗跳的家裡誰還顧得了甚麼雛人偶，即使後來我與那個男孩分手也與父母和解了，擺飾雛人偶的習慣也在不知不覺中就此消失。

去年年底，我打電話問母親那套雛人偶到哪去了。

結果還在。就放在娘家壁櫥上方的櫃子深處。

我請母親寄過來，取出薄紙包裹的三名女官和五人鑼鼓隊一看，每個雛人偶身上都有被蟲蛀蝕的小洞。不過，像以前那樣仔細排放好之後，四周頓時變得光彩華麗。充滿女兒節的喜悅。

不只是雛人偶，我身上彷彿也有「蟲蛀的小洞」，總覺得自己也老舊了。今年做散壽司時也煮點蛤蜊味噌湯，擺上桃枝裝飾吧。然後，老舊的雛人偶與老舊的我，就一起慶祝睽違三十年的女兒節吧。

櫻餅與其他

春天。櫻花。

說到櫻花，就想到櫻餅。關於櫻餅，我有一樁長年的懸案。

櫻餅外面包的葉子該怎麼辦？

看樣子，世間「不吃葉子放到一旁派」似乎聲勢浩大。「公然吃葉子結果遭到恥笑」、「被人阻止說那樣太沒規矩」、「被人責罵吃葉子像昆蟲太奇怪」之類的說詞，從書本及旁人口中皆有聽聞。

但是櫻餅的葉子我絕對想吃！所以很苦惱。

其實，我苦惱的不只是櫻餅的葉子。還有橘子的薄膜問題。

剝開橘子皮。之後，想必有人剝下每一瓣的薄膜再吃，也有人連薄膜帶果肉一起塞進嘴裡。關於這兩種吃法，倒是從未聽過任何批評之詞。

傷腦筋的是，我熱愛那種薄膜，因爲太喜歡，甚至寧可不吃橘子的果肉，只想單獨吃薄膜。

換句話說，我的吃法是這樣的。第一。剝開橙色外皮。第二。一一掰開果瓣。第三。仔細撕下薄膜，確認上面沒有沾到任何果肉，然後慢條斯理只吃薄膜與筋絡。第四。沒辦法，只好把剩下的果肉也吃掉。第五。把第二到第四的步驟，按照果瓣的數目重複進行。以上就是我吃橘子的方式。

這樣很噁心，別鬧了——如果在別人面前吃橘子，必然會被這麼說。但我就是改不了。因爲，至少區區一個橘子，我想照自己喜歡的方式吃。

皮的問題，還有很多，只想吃蠶豆的皮也是個問題；和皮相反，只想吃醃梅子果核裡面的果仁也是個問題。

萬物萌發的春天。皮的問題，也再次迎來了季節。各位讀者可有這種關於皮的問題的懸案？

Snack與Snap

我一直以爲是snack。沒想到，不知不覺，這玩意居然就變成snap了。

我是說豌豆。大拇指大小，連豆莢一起煮熟吃的豌豆，是開貨車來社區賣菜的蔬果商教我認識的。像零食（snack）一樣很容易入口喔。聽他這麼說，我買了一點嘗試，果如其言。從此，我開始期待零食豌豆上市的五月。

沒想到，有一年，snack豌豆突然變成snap豌豆了。

我大吃一驚。無論去哪家蔬果店，甚至大老遠跑去超市確認，都沒有看到「snack」這樣的標示。全部，一個不漏地都變成了「snap」。有報導過日本蔬果協會豆類部門（假設眞有這種部門）的改名通知嗎？我瞪大眼睛搜尋報紙和市府文宣資料。可我完全沒發現那樣的通知。

這種事，經常發生。之前也是，我在看男子花式溜冰，赫然發現明明直到去年還叫做「straight line step」、「circular step」的技巧，突然變成「choreo step」這種名稱。說到這裡，「材料與製作方法」，也在某一天突然變成「recipe」，「湯匙與叉子」變成「cutlery」，還有「拼湊字」，才剛從「ski pants」變成「spats」，結果現在的稱呼已變成「leggings」。

傷腦筋。

姑且就當改變是件好事吧。但是拜託拜託，至少把原來的名稱保留五年，在哪標明出來好嗎？網路上也行，市府文宣的角落也可以。至於報紙之類的地方某日突然出現的艱深外來語，例如「demand side」、「scale merit」，或者甚麼「task force」這種更高難度的，我已不奢求。但是至少，「snap就是原先的snack喔」這種程度的「突然改名一覽表」，難道就沒有哪位仁兄願意率先製作一下嗎？算了，不能指望別人，還是我自己來好了。於是，從今天起，我要在此登高一呼，宣布成立「snap協會」。各位，請祈禱我這個協會長命百歲。

棕櫚掃帚

撫養小孩時，有些話就是解釋不清楚。

那些話，當時開不了口，現在肯定也說不出來。

我的小孩，在語言發展方面非常遲緩。直到要上小學前，每次仍只會講出兩個字。所謂的兩個字，是例如「我吃，飯飯」或「我要，大便」。一般孩童到三歲時，據說就已經會這樣兩個字兩個字地講話了，所以我一直帶小孩去醫院接受治療。

小孩不會說話，大家會七嘴八舌意見多多。有人安慰我，也有人甚麼也沒說只是態度平淡地對待我。有人直接說出「是母親的教養方式有問題」這種話，也有人在無言中瞧不起我。

那時我說不出口的，是「最拚命設法解決這個問題的就是我，所以請你們不要老是拿甚麼責任問題逼我」這句話。

沒錯，責任問題的確是有。我自己也很清楚這點，就算責任不在我身上，母親一旦涉及小孩的問題也會忍不住自責。——在外人還沒開口批評前。

如今回想起來，可以分爲「理解當事人辛酸的人」與「不理解的人，也就是沒做過當事人的人」這兩者。

理解旁人辛酸的人，肯定在人生中也遇過困難，自己也扮演過當事人。所以，當別人陷入困難時，根據自身以往的經驗，他們會靜靜守護對方。

大地震後，我看到某些週刊雜誌的標題及政治家的發言並未冷靜提出問題點及解決方法，只是高高在上地諷刺、指責政府的誰誰誰。我心想，唉，眞是夠了。現在日本的當事人，就是爲了賑災復興四處奔走的政府的誰誰誰喔。而且，要責怪那個誰誰誰沒關係，但是最主要的當事人，靠近震央及核電廠附近的人，現在完全沒有那個閒功夫去責怪那個誰誰誰喔。

集中火力交相指責誰誰誰的人，其實到目前爲止從未成爲當事人，就算成爲當事人，我猜想，肯定也是會立刻逃走吧。所以我把那些人的名字都記在小本子上囉。以免將來一不小心在選舉時投票給他們。

話說，我想提一下和前面這個話題完全無關的事，上次我終於買到想了很久的東西。是掃帚。白木屋傳兵衛商店最好的棕櫚掃帚。爲了省電而買。——這是藉口，其實我老早就想要了。我討厭打掃，但對掃帚，有種莫名其妙的發燒友級的熱愛。附帶一提，我的無用掃帚收藏，這已是第六支。很糟糕對吧。完全沒資格說別人。

梅雨日記

我沒有寫日記的習慣。雖說如此，往往在某日突然開始寫日記。而且，不是一年之始也不是甚麼特別的紀念日，就只是平凡無奇的某一天，突如其來。

到目前爲止，這樣開始寫的日記，已有好幾本。既然有好幾本，或許有人以爲我是道地的日記派，其實沒那回事，每一本都只寫了開頭五頁左右就被打入冷宮。後面，是整片空白。

我用來寫日記的筆記本，和單行本書籍一樣大小，頁面畫有橫線。上次難得又找出來，於是隨手一翻，驚人的是，每本日記都是從梅雨前夕開始記載的。灰色。淡青色。深藍色。黃色。除了封面顏色各有不同，形狀完全一樣的筆記本，第一頁的日期都是六月後半。梅雨，對我而言，似乎是想開始寫日記的季節。

日記裡寫的，是當天發生的事、見到的人、看過的書，以及三餐菜色。其中尤其熱心記錄的，是餐點的內容。

重讀後我發現，即使每餐吃一樣的東西，我也無所謂。某篇日記中，提到午餐連續五天都是吃中式涼麵。還有，咖哩飯大多是連吃四天。我會大量烹煮，起初兩天的午餐和晚餐都吃咖哩，之後是咖哩烏龍麵、咖哩焗飯，最後以乾式咖哩來個圓滿結束。不只是同一種菜色天天吃，也經常出現寒酸的菜色。某日是「豆腐一塊。番茄一個」。還有一天是「高麗菜，煎蛋，小黃瓜，奶油」。奶油不是抹在甚麼東西上面，好像是單獨那樣吃。而且，吃豆腐那天，還有吃奶油那天，都不是工作繁忙的簡便午餐，而是正式的晚餐。這年頭，很多人都在網路發表自己每天吃些甚麼，但我的三餐，簡直太丟臉無法示人。

另外比較有特徵的，就是「憤怒」的記述。雖然我已經完全不記得到底在憤怒甚麼，但是看到「超級憤怒」、「憤怒乘以二」、「憤怒最大級」這些紀錄，不由驚訝「這人到底是有多麼暴躁易怒？」唉，雖然就是我本人。

最近一本日記的最後一篇記的是「半夜，大蟑螂在寢室飛。撲滅」這樣的文句。之後再也沒寫日記。

今年（二〇一一年）的梅雨季馬上又要到了。希望有一天我能寫點內容稍微像樣的日記。

小可愛（tube top）

那麼小的內褲不能穿。一定會著涼喔。以前，祖母經常這樣殷殷叮嚀。長大之後再也沒被任何人叮嚀過，但這次，我反倒開始在意母親的嘀咕。照她的說法，即便是炎夏，穿著短袖襯衫還是會著涼對身體不好喔。還有，裸露腳背也不太好喔。是否會著涼，這誰知道啊？——之前我一直這麼想。沒想到。這幾年，我也變得非常怕冷。即使在夏天也得穿襪子。穿無袖的衣服肩膀會冷。泡澡時，冰涼的手腳末端不知不覺變暖，夏天毋寧比冬天更舒服。最驚訝的是，變得不太想喝冰透的啤酒了。我這個啤酒黨，居然有歡喜暢飲溫啤酒的一天！

對冷氣，也變得招架不住。搭電車時專挑「弱冷氣車廂」的人，到底是多怕冷的怪胎啊？記得我還曾經這樣囂張地放話，但是如今只要發現自己搭上了冷氣咻咻吹的車廂，我就會慌慌張張奔向幾節車廂外的弱冷氣車廂。

震災以來，我看了幾本科學入門書籍，打從心底感到，核能發電果然是人類應付不來的技術啊。既然如此，就利用其他的自然能源發電！——但這個方向，其實我也相當擔心。因爲我總覺得，其中，似乎帶有「如果不能像以前一樣盡情用電，我們恐怕就會完蛋」的心態。

何不稍微減少用電？

其實，這就是我現在誠實無僞的心情。

不過，我忍不住又想，那是因爲自己變得如此怕冷，已經上了年紀，所以才能輕易說出這種話嗎？如果是昔日年輕氣盛、滿身大汗、充滿活動意欲的自己，搞不好會大聲疾呼：「我們要更加消耗能源，追求發展！」（不，肯定不會吧。我從以前就是個有氣無力的人）。

很苦惱耶。也有點迷惘。當然也在反省。不懂的，也有很多。我想，必須繼續思考。

話說回來，關於怕冷，最困擾的就是肚子著涼。爲了解決那個問題穿上的長型保暖肚圍，我決定美其名曰：「是穿小可愛」。聽起來是否比較時髦一點？

出櫃

我們是從甚麼時候再也不在廚房放「那個」了？

「那個」。我是說，化學調味料。

以前家裡的調味架上，除了醬油、醋、味醂、砂糖、鹽，一定也會常備味精。就算不用味之素這個牌子的味精，也會用鮮味粉HAIMI或第一番味素。煮菜起鍋前，昔日的母親一定會灑點味精「定味」。

其實，小時候，我很怕吃味精。因爲我覺得太有味道了。「太有味道」這種說法，是我自己發明的。基本上年幼的我不管是吃麵線或蕎麥麵都不用醬汁，只喜歡灑點鹽巴，是特殊的小孩（足以充分預想到日後的嗜酒體質）。所以，我會怕那種濃縮了高湯鮮味的調味料，自也是理所當然。

我本來還悄悄在想，「化學調味料」要是能從廚房消失該多好，沒想到某日赫然驚覺，不知幾時，那些東西已從餐飲店的桌上及家庭消失了。

可是現在。我突然回歸到味精。

其中，尤其是米糠醬菜做的「覺彌」。把醃久的老黃瓜或茄子切碎，蘘荷和生薑也切碎，擠乾水分後拌在一起。然後淋一點醬油。那就是「覺彌」。

「覺彌」用的是老醬菜，所以很鹹。而且味道有點刺激。鹹得刺痛（這也是我發明的說法）。可是，這時候只要灑一點味精，鹹得刺痛的東西頓時會變得鮮潤（這也是我發明的說法）。

榨菜也是。把鹽漬榨菜（還沒有調味，是保持鹽漬狀態的榨菜）切碎，長蔥也切碎，淋一點麻油和些許醬油，放在冷豆腐上攪拌均勻。那是我夏天最愛吃的一道菜，不過這時候有沒有放味精，鮮美的程度會大不相同。

其實我這樣回歸味精後，還是不太敢在人前公然說出「我家常備味精」。然而今天這樣出櫃，終於鬆了一口氣。那種感覺，大概就像與疏遠的朋友事隔多年後重逢的深深感慨吧？附帶一提，如今不叫做「化學調味料」改稱爲「鮮味調味料」了。原料也改用植物。就算表面上看似一樣其實也在悄悄不斷變化啊，這點，今日此刻又讓我一陣唏嘘，對了，在曆法上，秋天已經到了呢。

游泳圈

我將之稱爲除沙。

夏天在游泳池或海邊戲水時大出風頭的游泳圈，要清洗乾淨之後再晾乾。每次戲水歸來都會清洗。不過，當我決定明年之前都不會再使用，收進櫃子深處的時刻已到的時候，我會抱著「那就把或許尚有殘餘的沙子與海鹽徹底洗淨吧」的心情，在浴室放滿清水仔細清洗游泳圈。

洗過的游泳圈及小型海灘球之類的東西，在午後遲遲，日光已變得有些稀薄後，晾到陽臺上。因爲我怕如果曝曬在大太陽下，塑膠會變得皺巴巴。

晾到翌日上午，然後收起。嶄新時那種輕飄飄的柔軟觸感，已經沒有了。但是，不知是否心理作用，洗去最後一粒沙子後，好像多少有點恢復青春。然後和比起嶄新時同樣已變得皺巴巴的泳衣一起放進用簽字筆標明「游泳類」的紙箱中。

日本有許多季節，每個季節的開始與結束都令人欣喜令人惋惜。無論春天、秋天、冬天、梅雨，都一樣，但我尤其依依不捨的，是夏天。不分白晝與黑夜，始終不肯涼快一下的都市夏天，在最炎熱之際讓人抱怨「怎麼還不早點過去」，但不可思議的是，當夏天眞的過去了，頓時又會覺得「啊？已經過去了？眞可惜」。說到這裡，辛苦書寫的稿子也是，接近尾聲時，會有種莫名其妙的落寞感：「啊，已經結束了……」費了那麼多苦心，照理說結束應該很高興，可到了最後，突然有點依依不捨。但，若有人問我：那就讓妳繼續那樣嘔心瀝血好唄？我鐵定會尖叫一聲落荒而逃。是感傷吧。而且對我而言，最強烈感到夏日結束那種感傷的瞬間，不是聽到寒蟬嘶鳴的時候，也不是望著一天比一天接近中秋節的月亮時，而是在我把那粉紅色與藍色游泳圈的空氣徹底擠出，壓扁折疊成四折時。

最近，我已不再去海邊，不過日前整理壁櫥，翻出了扁扁的舊游泳圈。攤開來吹入空氣，頓時有種塑膠特有的懷念氣味傳來，不由心頭一緊。

墜入情網

恕我冒昧，我幾乎從來沒有一見鍾情過。這點，在別的散文中也寫過，我也經常驕傲地（？）向旁人宣言。

明明不是甚麼値得驕傲的事，不，甚至好像反而只證明自己是個欠缺熱情與美學意識的人，卻還要這樣四處宣揚，肯定是出於「我是個不被別人外表迷惑，懂得欣賞內在的人」的自負。總之說穿了，就是在四處張揚炫耀。

不料，最近這個關於「自己不會被外表迷惑」的自信，開始嚴重動搖。

事情起因，是某電視劇。我著了迷。對主演的演員。

起初，我堅稱自己之所以著迷，是因爲那個角色與演員的演技以及其他製作方面湊巧契合得非常完美，絕對不是被外表吸引。

但是，其實不然。實際上，我純粹只是迷戀那個演員的外表。

這到底是怎麼回事？原來我喜歡帥哥？抑或，那位演員是對誰都能發揮過人魅力的高手？又或者，我突然變成熱情如火的人？

好像每個原因都有可能，又好像每個原因都不對。

因為，我迷戀的，是非常特殊的演員。

那是……那是……在《Mrs.》雜誌告白這件事太丟臉了，我很猶豫……（說到這裡，上上次，我也告白了某件事。《Mrs.》這本雜誌，難不成是會激發作者的潛意識做出這種行為的媒體?!）算了，還是鼓起勇氣老實說吧。

我迷戀的，是「平成假面騎士系列」。而且，迷戀至如此地步的，不是劇中主演假面騎士的男演員俊俏外表，而是藏在變身後的騎士裝扮中，俗稱「特攝英雄（或皮套演員）」的演員那種變裝姿態，是的。

啊——那優美性感的輪廓。那令人印象深刻的架勢。那壓抑的動作。

我很震驚。這樣的自己，居然有一天會對宛如獨角仙（或者是鍬形蟲？天牛？）的虛擬生物的動作與姿態傾倒，就此一見鍾情！

愛情總在某天突然降臨。而且，那份愛意從何而來，誰也不知道。被稱爲「戀愛小說家」的我自己，經常這麼說。可是，啊，沒想到那居然就這種角度而言是眞的！

人生，眞的是很深奧啊。

立冬

每年，我會記錄第一次聽到蟬鳴的日子，與最後一次聽到的日子。

今年（二〇一一年）第一次聽到的是七月十日的油蟬，最後一次聽到的是十月五日的寒蟬。有一個季語叫做「秋蟬」，但到了十月還在嘶鳴，還眞是糊塗蟲啊。我一邊這麼想，一邊散步，蟬聲突然停了，翅膀透明的蟬，冷不防墜落下來。那隻力竭而亡的寒蟬，比我想像中更小。蟬聲停止後，只剩下秋蟲蕭瑟的聲音，之前還隱約瀰漫夏日餘韻，突然之間，四周就變成一片秋野了。

秋天，許多東西都在匆匆遷移。

取代唱完的蟬鳴而充斥野地的秋蟲，過一陣子也徹底銷聲匿跡了。生長在各種地方，不斷繁殖的鴨跖草、狗尾草、山螞蝗，也在氣溫低於十五度後頓時停止活動，靜默，不知不覺消失無蹤。

原本深綠的樹梢葉片轉為或黃或紅，之後凋落，等到稀薄的日光可以照到林間地面時，冬天已悄然來臨。

我最愛在這個季節散步。一邊茫然眺望照到地面的斑駁日光，一邊大步向前走。而且走著走著就會胡亂想起種種。以前喜歡的人，是家中次子。更早之前喜歡的人，是長子。後來那個好像是家中的老三吧？就統計學而言，還真是沒有特殊偏好。上次吃的蜜豆冰，有點那個。減糖風潮流行的當時，還不覺得怎地，可是最近吃起來就感到清湯寡水很無趣了。「火大」這種說法，以前不敢領教，現在倒是還好。上次不還對著電視大吼「超火大」嗎？三十五年前去的美容院，擺著貓頭鷹標本，嚇死人了。洗手間裡還掛著虎皮。過世的祖父戴的假眼，在火葬場是否會被燒得乾乾淨淨呢？

在世間迄今為止五十三年記憶的林林總總，每逢這個季節便飄然浮現。無論是以為早已忘記的事，或是想忘也忘不掉的事，全都均等且無作為地飄然浮現。死去的人、做過壞事的人、受到過分待遇的人，記憶中的他們全都淡去，但是有些地方卻又異樣濃墨重彩，格外鮮明，慢吞吞跟隨在漫步於這日光稀薄林間的我身後。冬日的開始，就是這樣的季節。

小代

關東地區的冬天。只見冰冷的晴空，彷彿刷過似的浮現絲絲微雲。正如西高東低[1]這個說法，是晴多於陰的季節。

望著冬日晴空，我總會想起「小代」。小代，正式名稱，是小代護士。

那個人，在我以前小學時住過的兒童醫院任職。整個病房大樓的小朋友，都好喜歡小代。每次小代一來，哪怕是再無精打采的小孩都會抬起頭，伸長脖子急著看小代。活潑的小孩則會在她量脈搏測體溫之際，圍著她團團轉不放。小代走過走廊時，身後總有一大串小孩跟隨，簡直就像童話中哈梅爾吹笛手帶著孩子們逶迤行走的光景。

在病房中算是新人的我，問隔壁病床的孩子：「爲什麼大家都那麼喜歡小代？」

隔壁的小孩歪頭思忖了一會後，如此回答我：「因爲小代感覺上就像好天氣。」

小代非常溫柔。但護士小姐多半都是同樣溫柔。小代會出有趣的謎題給我們猜。但是，其他的護士小姐也會講好笑的笑話或是教我們玩撲克牌，讓我們猜謎語。小代到底有哪一點那麼特別？

即便現在回想，還是不太明白。唯一確定的是，小代身上，有種東西可以讓病童的情緒與心情倏然明朗。而且那大概不是小代刻意要散發出來的。

這樣說來，簡直是個宛如耶穌基督的護士嘛。年幼的我，當時不禁這麼想。雖然對耶穌的了解並不多，但不久前看的《聖經故事》中，曾經提到耶穌只要碰一下病人就把他們的病治好了這種奇蹟。

像小代這樣的人，在這世上，偶爾會出現。對於那些人，長大後的現在，我抱

1 西有高氣壓，東有低氣壓，是日本冬天常見的氣壓型態。

著仰望冬日晴空般的心情回想。只是出現，就能讓周遭啪地明亮起來的人。就像隔壁病床的小孩所言：「是個像好天氣一樣的人」。

小代在我出院後不久便辭去護士的工作。據說結了婚，搬去遙遠的城市。總是為孩子帶來小小奇蹟的小代，自己是否也得到幸福呢？但願是。

僅此一件

每天，那個人像是緊巴著掃帚，掃去落葉。說他緊巴著掃帚，是因爲他行動不便。雖然不便，腰桿倒是挺得筆直。一到九點，就會推著推車出門。本以爲只是去散步，結果某日聽說，他是去郵局。每天提領一點年金。當時我還不以爲然，「直接領一整筆出來不就好了？」原來如此，每天領一點錢，走一點路，買一點東西，燒一點菜才重要。發現這點，是最近的事。因爲自己也漸漸變得「一點一點慢慢來」。

以前，我都是化零爲整。

如果偶爾去市區有事，我會順便一起處理兩三件其他的事，多的時候甚至是五、六件。偶爾去買衣服，我會一次買三件同款不同色的衣服。截稿日逼近時我會連著好幾天趕工寫好幾篇文章。

這種做法，最近漸漸已經吃不消了。

出門一次，最多只能辦兩件事。衣服也是，我的外表一天一天變化（白髮驟增，下半身日漸肥胖，穿高跟鞋會腳痛再也不能穿，拎沉重的皮包很吃力），已經無法判斷下一季是否還合身或穿起來是否舒服，結果只買了一件「現在絕對要穿」的衣服。稿子也是，得花以前三倍的時間寫稿（不過，只是從拖到最後關頭才趕稿的蟋蟀式，轉變爲每天寫一點的螞蟻式，整體的量還是沒變）。

總之，就是一點一點慢慢來。不過，這樣其實很爽快。不急不躁，慢吞吞地生活。毋須一下子湊齊所有，雖然有點不足不過來日方長可以慢慢來，抱著這樣的想法過活。

這好像是現在流行的「捨棄無用之物讓人生更清爽」的思想，當然，我也會在一瞬間覺得這樣很美好。但是，還是不對。過去的匆匆人生累積的東西，我還是一樣無法捨棄。

變得一點一點慢慢來後，有些東西我決定一年只買一件。那就是鋼琴樂譜（小品）。小指頭大小的花瓶（通常是玻璃製）。聖誕樹的裝飾（我最愛的商店出售的最愛系列）。昂貴的薄質可愛褲子（水藍色，或淺紫色，或藍色）。好好的慢慢的用心挑選。就算很想衝動血拼，一年也僅此一件。我忍不住想，奢侈，說不定就是指這種情形。

時晴時陰

搭乘公車從澀谷沿國道二四六線稍微往西走，就會看到那個名稱不可思議的商店招牌。咖啡店「時晴時陰」。那已是三十年前的往事。

當時還是大學生的我，雖然一直想寫小說，卻始終沒有任何頭緒，不知該怎麼寫，每天蹺課後，就窩在圖書館埋頭閱讀前輩的小說。

啊——今後自己該何去何從。

我冷眼旁觀認真上專業課程的同學，一直鬱鬱寡歡。鬱悶尤其激烈的日子，我會去坐公車。從澀谷與新宿的公車站出發的路線公車，我漫無目標隨便找一輛就跳了上去。

懷著滿心惆悵從車窗看到的風景，帶有不可思議的色調。當時是昭和五十年代初期的東京，卻彷彿時光倒流數十年回到剛結束戰爭的東京，或者相反，宛如半世紀之後的東京，每每總讓我有種時光錯亂之感。

每次經過「時晴時陰」的招牌前，我就很想很想按下車鈴。在這裡下車，走進「時晴時陰」看看吧。我不知這樣想過多少次。然而，到頭來我一次也沒有走進「時晴時陰」。

我只是從車窗看著那塊招牌。

過了幾年，開始工作後忽然心血來潮去造訪時，「時晴時陰」已不復存在。雖然不是非去不可的店，但也正因此，不知何故，「時晴時陰」一直在我心中縈繞不去。

每次遇上困難，或是心情鬱悶，讓我陷入自我厭惡時，我就會小聲嘟囔「時晴時陰」。晴空倏然籠罩烏雲，然後再次轉爲微晴的那種晴時多雲偶陣雨光景，清晰浮現眼底。憂鬱，並未消散。然而，那一瞬間，時空會有一點點錯亂。我來到了遠方啊。不過，或許這其實並不遠，意外地近在咫尺喔。心情會那樣變得有點恍惚。

初出一覽

氣味的記憶　《家庭畫報》二〇〇五年一月號～十二月號

米糠醬的心情

嘿嘿。　《日本經濟新聞》二〇〇二年十月二十日

儼然　《日本經濟新聞》二〇〇六年一月十五日

那個　《每日新聞》二〇〇三年一月十日

Weekly日誌　《每日新聞》晚報二〇〇三年十月三、十、十七、二十四、三十一日

猝不及防　《中日新聞》二〇〇五年三月二十六日

已不在，卻還在　《中日新聞》二〇〇七年一月三十一日

喜歡的東西　《每日新聞》二〇〇六年四月三十日

巴西的南瓜　《日本經濟新聞》二〇〇七年三月十八日

米糠醬的心情　《日本經濟新聞》二〇〇九年七月十九日

竹筴魚的全貌　《福井新聞》二〇〇二年一月一日

身邊常有書相伴

想啃　《圖書》二〇〇〇年六月號

《宦官》時代　《中公新書之森　二〇〇〇點的＊》

吉行淳之介《菓子祭》　《朝日新聞》二〇〇八年四月二十日

內田百閒《鶴》　《朝日新聞》二〇〇八年四月二十七日

石井桃子《幼年物語》　《文藝春秋》二〇一二年十一月號

月票夾——關於北杜夫　《文藝別冊／KAWADE夢Mook》北杜夫追悼總特輯　曼波魚醫生文學館二〇一二年七月

大仲馬《基督山恩仇記》　《思考的人》二〇〇八年春季號

「扮演一頭牛」　《文藝春秋SPECIAL》二〇〇九年春季號

準備好大哭一場　《文藝》二〇一〇年秋季號

頭痛的事物　《國語教室》二〇一一年第九十三號

請問一下

東京不可思議　《AIR FRANCE MAGAZINE》2005 No.100

懷疑　《室內》二〇〇二年五月號

請問一下　《片刻》二〇〇七年五月號

記憶　《Mrs.》二〇一一年五月號

只有兩顆星　《NISSAN magazine SHIFT》2006 Summer

沒畫線的筆記本　《週刊文春》二〇〇七年十一月一日號

深夜的海邊　《魚類書》015 2006 SPRING Issue

喀拉蚩的荷包蛋　《JAL SKYWARD》二〇〇九年三月號

一年一度　《花園》二〇〇九年七月號

區內前十名　《文藝春秋》二〇〇三年一月號

章魚飯　《週刊文春》二〇一二年九月十三日號

味噌　《週刊文春》二〇一二年九月二十七日號

娜烏西卡的偶然　《吉普力工作室分鏡圖全集　1　風之谷》月報　二〇〇一年六月

素描簿　《生活手帖》二〇〇四年一月號

早晨　《昴》二〇一二年一月號

身邊常有書相伴 2

異常美麗的日落——《與全世界為敵》（白石一文）
（文庫解說　小學館文庫　二〇一二年四月）

不妨去看看吧——《食物達人》（野地秩嘉）
（文庫解說　小學館文庫　二〇一〇年十二月）

傳達——《野花安寧病房書簡》（德永進）
（文庫解說　新潮文庫　二〇一二年四月）

《遺忘的過去》（荒川洋治）（文庫解說　朝日文庫　二〇一一年十二月）

那幽微之聲——《日本的小說　百年孤獨》（高橋源一郎）
（文庫解說　築摩文庫　二〇一二年四月）

身爲一名讀者——《渾身的抵抗》（鶴見俊輔）
（文庫解說　河出文庫　二〇一二年十月）

時晴時陰　《Mrs.》二〇一一年一月號～二〇一二年三月號

人生散步 LWH0008

時晴時陰

作　　者—川上弘美
譯　　者—劉子倩
主　　編—李宜芬
編　　輯—邱淑鈴
美術設計—兒日
企　　劃—張燕宜
校　　對—劉子倩、邱淑鈴
董 事 長—趙政岷
總 經 理
總 編 輯—余宜芳
出 版 者—時報文化出版企業股份有限公司
10803臺北市和平西路三段二四〇號四樓
發行專線—（〇二）二三〇六—六八四二
讀者服務專線—〇八〇〇—二三一—七〇五
（〇二）二三〇四—七一〇三
讀者服務傳真—（〇二）二三〇四—六八五八
郵撥—一九三四四七二四時報文化出版公司
信箱—臺北郵政七九～九九信箱
時報悅讀網—http://www.readingtimes.com.tw
法律顧問—理律法律事務所　陳長文律師、李念祖律師
印　　刷—勁達印刷有限公司
初版一刷—二〇一七年九月八日
定　　價—新台幣二八〇元
（缺頁或破損的書，請寄回更換）

時報文化出版公司成立於一九七五年，
並於一九九九年股票上櫃公開發行，於二〇〇八年脫離中時集團非屬旺中，
以「尊重智慧與創意的文化事業」為信念。

國家圖書館出版品預行編目（CIP）資料

時晴時陰 / 川上弘美著 ; 劉子倩譯. -- 初版. -- 臺北市 : 時報文化, 2017.09
面 ;　公分. -- (人生散步 ; 8)

ISBN 978-957-13-7115-3(平裝)

861.67　　106014604

HARETARI KUMOTTARI
by KAWAKAMI Hiromi

Originally published in Japan by Kodansha Ltd., Tokyo.
Chinese (in complex character only) translation rights arranged with KAWAKAMI Hiromi, Japan
through THE SAKAI AGENCY and FUTURE VIEW TECHNOLOGY LTD.

ISBN 978-957-13-7115-3
Printed in Taiwan